KB100869

참 좋은 당신을 만났습니다

두 번째

따뜻한 온기가 필요한 사람들을 위한 감동 에세이

송정림 지음

참 좋은 당신을 만났습니다 두 번째

🌱 나무생각

차례

1장

매일 그리운 사람 있기에

2장

골목을 지나는 사람들을 위해

3장

멀리 가려거든 함께 가라

4장

아름다운 풍경, 사람

이 책이 서로에게 마음을 고백하는 도구가 되어주었다는 말을 전해 들으며, 저는 분에 넘치게 감사하고 행복했습니다.

반항하는 사춘기 딸 때문에 속을 끓이던 엄마가 생일을 맞았습니다. 그런데 딸이 생일 선물로 책 한 권을 식탁에 놓고 갔습니다. 그 책 제목이 마치 딸의 고백처럼 들려 그만 울고 말았다고 했습니다.

늘 기대에 못 미쳐 죄송하기만 했는데, 직장 상사가 이 책을 건넸습니다. 야단쳐서 미안하다며, 그러나 나는 너를 믿는다며 건넨 책 제목을 보고 목울대가 따뜻해졌다고 했습니다.

"참 좋은 당신을 만났습니다"라는 뭉클한 고백을 나누었던 그분들이 저에게 참 좋은 사람들에 대한 이야기를 들려주기 시작했습니다. 이렇게 좋은 사람을 만났었노라고, 그러니 더 많은 사람들에게 알려달라고. 눈물을 글썽이기도 하고 행복한 미소를 짓기도 하면서 그들이 만난 '참 좋은 당신' 이야기를 들려줬습니다. 메일이나 문자, 편지로 참 좋은 사람에 대한 이야기를 전해오는 분들도 있었습니다.

골목을 지나다니는 사람들이 바라보고 행복해질 수 있기를 바라며 동네에 꽃을 심고 매일 물을 주는 사람, 폐지를 주워 판 돈으로 가난한 학생에게 교복을 사주는 사람, 문이 열린 단골 가게에 도둑이 들까 봐 밤새 지켜준 사람, 아내가 떠난 후 단 하루도 거르지 않고 비가 오나 눈이 오나 산소를 찾아가는 사람, 인연이 찾아오면 그 인연을 소중히 여기는 사람들…….

'사람 경계경보'가 가득한 세상, 그래도 좋은 사람 참 많다고 알려왔습니다. 《참 좋은 당신을 만났습니다, 두 번째》는 이렇게, 여러분이 만난, 그리고 제가 만난 '참 좋은 당신'에 대한 이야기입니다. 모두 실제 이야기이고, 가능하면 실명을 썼습니다.

　세상에서 가장 힘든 일이 인간관계라는 말도 합니다. 그렇다고 사람을 떠나서 살 수 있을까요? 마음이 열리시면 고백해 보시기 바랍니다. 당신은 내게 '참 좋은 당신'이라고. 이 책을 통해 같이 느꼈으면 좋겠습니다. 내 곁에는 참 좋은 당신이 있다고, 그러니 이 세상은 살아볼 만한 곳이라고. 아직 참 좋은 당신을 만나지 못했다면, 당신이 누군가에게 '참 좋은 당신'이 되어주십시오.

　독감을 심하게 앓아본 사람은 알게 됩니다. 걱정하며 이마를 짚어주는 사람이 얼마나 고마운지를……. 어떤 일에 실패해 본 사람은 알게 됩니다. 어깨를 툭툭 치며 괜찮다고 말해주는 사람이 얼마나 힘이 되는지를……. 미워하던 사람을 용서해 본 사람은 알게 됩니다. 미움이 얼마나 상처인지를…….
　우리는 위기의 순간에 사람을 찾습니다. 절체절명의 순간, 인생의 험난한 고비에서 애타게 그 이름을 부릅니다. 어느 쓸쓸한 저녁에, 잠들기 힘든 외로운 밤에, 하루를 시작하는 아침에도 우리는 그 사람을 떠올립니다. 그 사람의 손을 잡고, 온기를 느끼고, 그 사람과 시선을 나누고 싶어 합니다. 고되고 힘들어도, 그래도 사람 때문에,

사람 덕분에 우리는 살아갑니다.

세상이라는 망망대해에서 그래도 내가 닿을 섬 하나, 그것은 사
람입니다. 바람 부는 세상을 걸어가다가 지친 마음을 기댈 언덕 역
시 사람입니다. 나를 살아가게 하는 힘, 나를 나아가게 하는 힘도 결
국 사람입니다.
참 좋은 당신, 고맙습니다.

송정림

1장

매일 그리운 사람 있기에

앞으로
잘할 것이므로

　몇 해 전에 드라마 자료 취재차 어느 학교에 갔습니다. 그 학교는 제도권 학교에서 자퇴하거나 퇴학당한 청소년들이 주로 다니는 대안 학교였습니다. 아이들은 지금까지 상 같은 것을 받아본 적이 거의 없었습니다. 우등상도, 개근상도, 선행상도 구경해 보지 못한 아이들에게 시골 이장님처럼 편안한 인상의 교장 선생님이 상을 주었습니다. 그 상장에는 이렇게 쓰여 있습니다.

　"위 학생은 앞으로 공부를 잘할 것이므로 우등상을 수여함."
　"위 학생은 앞으로 개근할 것이므로 개근상을 수여함."
　"위 학생은 앞으로 착한 일을 할 것이므로 선행상을 수여함."

　'앞으로 잘할 것이므로' 상장을 받은 아이들은 머리털 나고 처음 받아보는 상장 덕에 어깨에 힘이 들어갑니다. 책임감이 생기는 것입니다. 상 받은 값을 해야 하기 때문에 아이들은 공부를 합니다. 그리고 결석을 하지 않으려고 안간힘을 씁니다.

어깨에 문신을 새기고 검은색 쫄티를 입은 조폭 출신 남자아이도, 머리를 알록달록 물들인 소매치기 출신 여자아이도, 만학도 아줌마도, 이 학교의 학생들은 그렇게 이상한 상장 하나의 힘으로 졸업을 합니다.

'잘해서 받는 상'이 아니라 '잘할 것이므로 받는 상' 덕분에 대학에 진학한 학생들도 있습니다. 이것이 바로 상의 기적입니다.

앞으로 이런 상을 자주 활용해 보는 건 어떨까요? 아이가 잘못을 했을 때 화를 내는 것보다 역으로 상장을 주는 것도 좋겠습니다. '앞으로 잘할 것이므로'라는 글귀를 적어서, 그리고 정말 아이가 '앞으로 잘할 것'이라는 마음의 신뢰를 담아서…….

상을 받은 아이는 상 값을 합니다. 상은 벌보다 힘이 셉니다. 상은 벌보다 따끔하게 가르칠 수 있는 달콤한 회초리입니다. 상을 받은 아이는 이 세상을 환한 곳으로 보게 됩니다.

상은 "세상에 네가 존재해서 참 기쁘다"는 신호입니다. 그리고 "네가 있어줘서 참 고맙다"라는 신호이기도 합니다.

아이가 학교에서 상을 받아오면 그 상이 어떤 상이든 무조건 크게 기뻐해주는 것이 좋습니다. 가능하면 스킨십을 아끼지 않고 아이를 칭찬해 줄 일입니다. 상장은 종이 쪼가리에 불과하지만 부모의 스킨십은 아주 특별한 사람이 된 것처럼 느끼게 하는 따뜻한 상품입니다.

상이 가지는 최고의 가치는 나도 무엇인가 해낼 수 있다는 동기부여가 된다는 점입니다. 나 역시 작가가 되겠다는 생각을 품은 것은 어릴 적 받은 글짓기 상 덕분이었습니다.

상장은 단지 글씨가 인쇄된, 금박 박힌 종이가 아닙니다. 미래를 향해 달려갈 수 있는 터보 엔진입니다. 사랑하는 사람에게 이 엔진을 달아주십시오. 그들이 꿈의 정류장을 향해 거침없이 달려가도록 말입니다.

나 스스로에게 미리 주는 상도 괜찮겠지요.
"나는 앞으로 잘할 것이므로 이 상을 수여함."

수취인
불명

보고 싶은 사람이 있습니다. 어느 날 문득 그리워 그 사람 번호를 눌렀습니다. 천만번 망설이다가 누른 것입니다. 그런데 이런 메시지가 흘러나옵니다.

"이 번호는 없는 번호이오니……."

그 사람이 나에게 바뀐 전화번호를 알리지 않은 것은 나를 완전히 잊겠다는 통보인가 싶어 서늘했습니다. 이복희 시인의 〈통화〉라는 시가 문득 가슴을 쳤습니다.

지금 거신 사랑은 결번이오니
다시 확인하고 걸어 주십시오.

대단히 죄송합니다

지금 거신 그리움은 외로움으로
국번만 변경되었습니다.

오랜만에 편지를 보냈는데 '수취인 불명' 도장이 찍혀서 되돌아
올 때, 고마운 인사를 꼭 전해야지 다짐했는데 선생님이 돌아가셨
다는 소식을 접했을 때, 예전에 자주 찾던 카페에 찾아갔는데 이제
는 업종이 바뀌어 있을 때, 어릴 적 살던 집이 길이 되어 사라지고
없을 때…… 그렇게 내가 찾는 대상이 사라지고 없을 때의 기분은
뭐라고 형용할 수 없을 만큼 아쉽고 허망합니다.

그럴 때 우리는 이런 사실을 깨닫게 됩니다.
고마운 인사도 지금, 보고 싶은 마음도 지금, 지금 이 순간이 가장
최적의 순간이라는 사실을 말입니다.

바쁘게 살다 보면 이런 생각이 들곤 합니다. 고마운 인사는 다음
에 하자, 내가 좀 더 성공한 다음에 찾아가자, 이 일이 끝나면 만나
자……. 하지만 늘 '나중에' '나중에' 하다 보면 그 대상은 사라지고
없습니다.

지금 마음을 채우는 대상이 있나요? 그렇다면 바로 오늘, 마음이

시키는 대로 해보기 바랍니다.

　그러나 이미 잃어버린 사람, 떠나버린 시간과는 어떻게 해후해야
할지…….

　〈통화〉의 시구처럼 부디 영혼의 전화번호는 잊지 말기를…….

　안녕하십니까?
　지금 다른 추억과 통화중이오니
　잠시만 기다려 주십시오.
　추억이 끝나는 대로 곧 연결해 드리겠습니다.

　제 청춘은 지금 부재중입니다.
　저희 비서에게 메시지를 남겨 주시면
　방황에서 돌아오는 대로 연락드리겠습니다.

　그때까지 당신이 부디
　제 영혼의 전화번호를
　잊지 않으시기를

어머니에게
읽어주는 시

어머니는 독서광이셨습니다. 어머니의 휴식은 언제나 책과 함께였고, 책을 든 어머니의 모습은 매우 행복해 보였습니다.

기억을 점점 잃어버리면서도 어머니는 책을 놓지 않으십니다. 읽은 책을 읽고 또 읽고……. 기억나지 않으니 책을 손에 들 때마다 새로운 감동을 느끼시나 봅니다.

내가 쓴 책도 읽으시곤 하는데, 그 책의 작가가 딸인 것도 잊어버리십니다. 나에게 책 내용을 말씀해주시기도 합니다. "엄마, 그거 제가 쓴 거예요"라고 하면 "그래?" 하고는 또 금세 잊어버리십니다.

그런 어머니에게 언니가 시집을 한 권 가지고 갔습니다. 시를 읽어드리자 어머니 일굴이 환해지셨습니다.

"시가 참 좋다……. 참 좋다……."

나와 언니는 번갈아가며 어머니가 잠드실 때까지 시를 읽어드렸습니다. 어머니는 아기처럼 맑은 얼굴로 잠이 드셨습니다. 어머니가 어릴 때 우리에게 그랬듯이 어머니의 잠든 어깨를 토닥이며 시를 계속 읽어드렸습니다. 어머니 꿈속이 시처럼 아름답기를 바라면서…….

어머니는 기억을 다 잃어버리십니다. 어머니의 기억은 이제 10분을 넘기지 못합니다. 그런데 자식이 읽어드린 시는 다음 날에도 잊어버리지 않으셨습니다. 다음 날, 아침 인사를 드리는 딸이 어제 온 줄도 모르고 "아이고, 왔니?"라며 반기셨지만 어제 읽어드린 시의 내용은 잊어버리지 않으셨습니다.

그날부터 나와 언니는 어머니와 함께 있는 날이면 매일 시를 한 편씩 읽어드렸습니다. 시에 대한 짤막한 설명도 곁들이면 어머니는 참 행복해하셨습니다.

어머니는 그 옛날 우리가 어렸을 적에 우리에게 동화책을 읽어주셨습니다. 이제 어린아이가 되어버린 어머니에게 우리가 시를 읽어드립니다. 그 옛날 어머니는 어린 자식인 나를 얼마나 사랑했을까를 떠올리며, 그 사랑에는 절반의 절반도 미치지 못하지만 어머니를 사랑하는 마음을 가득 담아서 먹먹해진 가슴으로 시를 읽어

드립니다.

어머니께 시를 읽어드리기를 권합니다. 어릴 적에 어머니가 우리가 잠들 때까지 옛날이야기를 들려주셨던 것처럼, 아이가 되어버린 어머니 앞에서 시를 읽어드려 보세요. 어머니에게, 당신의 인생은 훌륭했노라는 위안을 담아서…….

인터넷에서 본 〈어느 부모님이 자식에게 보낸 편지〉_(작가 미상)의 일부를 여기 붙입니다.

내 사랑하는 아들딸들아 언젠가 우리가 늙어 약하고
지저분해지거든 인내를 가지고 우리를 이해해 다오.

늙어서 우리가 음식을 흘리면서 먹거나 옷을 더럽히고 옷도
잘 입지 못하게 되면 네가 어렸을 적 우리가 먹이고 입혔던
그 시간들을 떠올리면서 미안하지만 우리의 모습을 조금만
참고 받아다오.
늙어서 우리가 말을 할 때 했던 말을 하고 또 하더라도
말하는 중간에 못하게 하지 말고 끝까지 들어주면 좋겠다.
네가 어렸을 때 좋아하고 듣고 싶어 했던 이야기를
네가 잠이 들 때까지 셀 수 없이 되풀이하며 들려주지 않았니?

훗날에 혹시 우리가 목욕하는 것을 싫어하면 우리를 너무
부끄럽게 하거나 나무라지는 말아다오. 수없이 핑계를 대면서
목욕을 하지 않으려고 도망치던 너의 모습을 기억하고 있니?
혹시 우리가 새로 나온 기술을 모르고,
무심하거든 전 세계에 연결되어 있는 웹사이트를 통하여
그 방법을 우리에게 잘 가르쳐다오.
우리는 네게 얼마나 많은 것을 가르쳐주었는지 아느냐?

상하지 않은 음식을 먹는 법, 옷을 어울리게 잘 입는 법,
너의 권리를 주장하는 방법…….
점점 기억력이 약해진 우리가 무언가를 자주 잊어버리거나
말이 막혀 대화가 잘 안 될 때면
기억하는 데 필요한 시간을 좀 내어주지 않겠니?

그래도 혹시 우리가 기억을 못해 내더라도
너무 염려하지는 말아다오.
왜냐하면 그때 우리에게 가장 소중한 것은
너와의 대화가 아니라 우리가 너와 함께 있다는 것이고
우리의 말을 들어주는 내가 있다는 것이
중요하기 때문이란다.

열 살 스승,
열 살 제자

　서울 강남, 부촌의 상징으로 통하는 초고층 주상복합 아파트. 그곳에 사는 초등학생 아이 하면 언뜻 자기만 아는 전형적인 도시 아이의 이미지가 떠오를 것입니다.

　그런데 강남의 초고층 주상복합 아파트에 사는 초등학생들이 경상북도 가야산 자락 시골 마을에 사는 같은 또래 아이들에게 인터넷 메신저를 통해서 영어를 가르치고 있다고 합니다. 조기 교육을 받아 영어에 능숙한 이 아이들은 일주일에 서너 차례씩 두 시간 정도 컴퓨터 앞에서 시골 친구들을 만납니다. 시골 친구들의 영어 발음도 교정해 주고 유용한 영어 표현도 가르쳐주는 것입니다. 한 명은 서울의 고층 아파트 숲에서, 또 한 명은 시골의 산자락에서 인터넷을 통해 만나고, 영어를 가르치고 배우며 정을 나눕니다.

　아이들이 영어를 가르치게 된 것은 시골 학교에서 영어 교육 자원봉사를 하던 어느 교수님이 서울의 학부모들에게 아이들의 참여를 제안하면서 시작되었습니다. 학교에 다녀와서도 바쁜 아이들에게 그 두 시간은 어쩌면 굉장한 희생으로 보일지도 모릅니다. 하지만 그들의 부모님은 아이들에게 세상에서 가장 소중한 두 시간을 선물해 주었습니다.

영어 자원봉사를 하는 초등학교 4학년 어린이는 이렇게 말했다고 하지요.

"시골 친구들과 메신저로 대화하면서 '내가 이기적으로 살았구나' 하는 생각이 들었어요."

그리고 시골 아이들은 영어 배우는 즐거움과 함께 서울 아이들을 사귀는 기쁨에 푹 빠졌다고 합니다.

그 아이들은 학교에서도 학원에서도 배울 수 없는, 인생에서 가장 중요한 것을 배워가는 중입니다.

제철소의
쇳물 칸트

　방송통신대에서 법철학을 가르치는 형부가 출석 수업으로 여수에 갔을 때 어느 남학생을 만났습니다. 칸트Kant, 소크라테스, 하이데거……. 어려운 강의인데 그것을 쏙쏙 흡수한 학생 한 명이 여러 가지 질문을 했습니다. 학생의 질문은 굉장히 전문적이고 웬만한 철학 교수도 잘 모르는 내용까지 꿰뚫고 있었습니다.

　수업 후 저녁을 먹는 자리에서 형부는 그 학생에게 물었습니다.

　"뭐 하는 분이세요?"

　그 학생이 대답했습니다.

　"저는 제철소에서 쇳물 녹이는 일을 합니다."

　그는 5형제 중 장남인데 집이 너무 가난해서 중학교까지만 졸업했다고 합니다. 하지만 제철소에서 일하면서도 제철소 부속 고등학교에서 공부하고, 지금은 방송통신대에 입학해서 공부를 계속하고 있다고 했습니다.

그가 말했습니다.

"쇳물 녹이면서 딴생각하면 위험한데요, 쇳물 녹여서 부을 때마다 자꾸 읽은 책이 생각나요. 불꽃이 튀기면 칸트의 밤하늘 별도 생각나고요. 밤 근무일 때는 아침에 들어와 자야 하는데, 그때도 책을 읽고 싶어요."

이야기를 나눠 보니 그는 형부가 강의 시간에 말한 책들을 다 사서 읽은 듯했습니다. 칸트의 《순수이성비판》, 《실천이성비판》과 같은 어려운 책들이 머리에 쏙쏙 들어온다고 했습니다.

형부는 학점에 참 까다로운 교수입니다. 1만 명 중 9천 명이 F 학점입니다. 그런데 알고 보니 그는 형부의 강의에서 모두 A 학점을 맞았다고 합니다. 법철학, 법 사상사 모두 A 학점을 맞은 학생은 유일무이했습니다. 형부는 그와 이런저런 이야기를 나누다가 이렇게 말할 수밖에 없었습니다.

"너처럼 철학에 대해서 태생적으로 훌륭한 아이를 나는 결코 본 적이 없다."

그 후 그에게서 편지가 오곤 했습니다.

"제가 무슨 책을 읽어야 할까요?"

주로 책 소개를 해달라는 편지였습니다. 그는 철학서를 읽는 게 재미있고 철학을 공부하는 게 정말 행복한 듯했습니다.

하루는 그에게서 조금 다른 내용의 편지가 왔습니다.

"선생님의 특강을 다시 한 번 듣고 싶습니다. 쇼펜하우어나 하이데거 특강 한번 해주시면 안 되겠습니까?"

형부는 특강 일정을 잡고 여수에 내려갔습니다. 그때 그가 여학생 한 명을 데려와 형부에게 소개하면서 부탁했습니다.

"선생님, 우리 둘이 결혼하면 주례 서주세요."

형부는 "젊은 나이에 내가 무슨 주례냐?" 하며 거절했습니다.

그 뒤, 그와 그 여학생이 서울로 형부를 찾아왔습니다.

"우리 결혼합니다. 선생님, 주례 좀 서주세요."

형부가 주례는 어렵겠다며 또 한 번 거절했습니다. 그러자 그가 어렵게 말했습니다.

"저희가 돈이 없습니다. 저는 5형제 중 장남이라 돈 벌면 다 집에 보내줘야 하고, 이 친구는 부모님이 벌교에서 꼬막을 캐서 겨우 살아가는 처지라 돈이 없습니다. 주례를 부탁하면 주례비도 드려야 하는데, 저희는 그럴 돈도 없습니다. 선생님께 염치없이 부탁드립니다. 주례 서주시면 안 되겠습니까?"

형부는 더 거절할 수가 없었습니다. 결혼식장이 어디냐고 물었더니, 여수에서도 한참 걸리는 작은 마을의 회관이라고 했습니다. 비행기 타고 여수 공항에 내려서 버스를 타고 한참 들어가고, 버스에서 내려서 또 한참 걸어서 도착한 마을 회관. 그곳에서 결혼하는 제철소의 쇳물 칸트를 위해 형부는 주례를 기꺼이 섰습니다.

얼마 전에 그 부부가 새해 인사차 올라왔는데, 어느새 열두 살이 된 딸과 여덟 살이 된 아들과 함께 왔습니다. 형부가 "요즘은 무슨 책을 읽나?"라고 물으니 그가 신나서 그동안 읽은 책들에 대해 이야기를 합니다. 지금까지도 계속 제철소에서 쇳물 녹이는 일을 하지만 안 읽은 책이 거의 없습니다. 마이클 샌델의《정의란 무엇인가》를 놓고 형부와 장시간 토론을 벌이기도 했습니다.

형부는 그의 딸과 아들에게 말해주었습니다.

"너희 아빠는 내가 만나본 철학가 중에 가장 뛰어난 철학가야. 그 어떤 교수보다, 학자보다 더 훌륭한 일류 철학가란다."

풀잎
파수꾼

친구네 집에 가는 길, 골목을 걸어갈 때였습니다. 한적한 골목 한 귀퉁이에 어떤 팻말 같은 것이 보였습니다. 다가가서 봤더니 흙더미 위에 작은 풀잎 하나가 삐죽이 고개를 내밀고 있었습니다. 그리고 그 앞에 팻말 하나가 세워져 있었습니다.

이름 : 메롱이

키 : 11.3센티미터

김민지, 김민우가 보호하고 있음.

그 동네 아이들이 세워놓은 팻말인가 봅니다.

'메롱이'라는 것이 그 풀잎의 진짜 이름인지 별명인지는 정확히 모르지만 그 아이들의 마음이 예뻐서 미소가 지어졌습니다.

그저 스쳐 지나가는 골목의 이름 모를 작은 풀에 이름을 붙여주는 아이들, 작은 풀잎을 지켜주려는 아이들, 세상의 아주 작은 것에 사랑을 듬뿍 주는 볼이 빨간 아이들, 우리는 그 앙증맞은 천사들과 함께 살고 있었네요.

문득 나태주 시인의 〈풀꽃〉이라는 시가 떠오릅니다.

자세히 보아야
예쁘다

오래 보아야
사랑스럽다

너도 그렇다.

천사 같은 아이들이 사는 세상도 풀꽃 같겠지요.
자세히 들여다보면 참 사랑스러운 구석이 있는 곳이겠지요.

매일 그리운
사람 있기에

　고향인 제주도에 어머니를 뵈러 가던 날이었습니다. 그날은 폭설이 내렸습니다.

　제주시에서 서귀포로 가는 길은 산을 넘어가야 합니다. 버스는 체인을 감고 느릿느릿 한라산을 넘어서고 있었지요. 위험한 고비도 몇 번 넘겨야 할 정도로 눈이 많이 쌓여 있었습니다.

　버스가 한라산 중턱쯤 다다를 때였습니다. 80대로 보이는 할아버지가 자리에서 일어나 말했습니다.

　"여기 좀 세워줘."

　기사가 걱정하며 말했습니다.

　"할아버지, 오늘도 가시게요? 하루 좀 걸러도 되잖아요."

　버스에 탄 사람들 중 몇 사람은 매일 같은 시간에 이 버스를 이용

하는 사람들이었나 봅니다. 그 할아버지를 아는 듯 몇 사람이 말했습니다.

"아유, 이렇게 눈이 쌓였는데 오늘은 좀 쉬세요."

"눈이 더 내리면 어떻게 집에 가시려고 그러세요?"

그러나 사람들이 아무리 말려도 할아버지는 버스를 어서 세우라고 종용했습니다. 기사는 걱정 가득한 얼굴로 어쩔 수 없이 차를 세웠습니다. 버스에서 내린 할아버지는 눈이 수북이 쌓인 길을 걸어갔습니다.

할아버지는 그 폭설이 내리는 날에 산 중턱에 내려 어디로 가시는 걸까요?

"아유, 오늘쯤 안 가도 할머니가 뭐라고 하진 않으실 텐데……."

아주머니 한 분이 혀를 차며 말하자 기사가 그 말을 받았습니다.

"말도 마세요. 지난번에 태풍 불던 날 있죠? 지붕 다 날아가고 나무뿌리 다 뽑히던 날이요. 그날 저 할아버지 딱 혼자 이 버스에 타더니 여기서 내리셨어요. 아무리 가지 말라고 말려도 소용이 없어요."

서귀포에 도착할 때까지 버스 안의 화제는 그 할아버지였습니다. 3년 전 할머니가 돌아가신 후, 할아버지는 한라산 중턱에 있는 할머니의 무덤까지 하루도 빠짐없이 찾아갔다고 했습니다.

그리움은 비가 와도, 바람이 불어도, 눈이 와도 휴식이 없습니다. 기다림은 만날 수 있는 그리움이지만, 그리움은 만날 수 없는 기다림입니다. 그래서 기다림은 길수록 아름다워지지만 그리움은 깊을수록 슬퍼집니다.

할아버지의 그리움은 슬픔입니다.

누구의 발자국도 닿은 적 없는 하얀 눈밭에 할아버지의 발자국이 찍혔습니다. 그 발자국이 마치 천상으로 가는 지도처럼 보였습니다. 할아버지는 할머니의 산소 앞에 다다라 어떤 인사를 건넬까요?

"여보, 임자, 나 왔어. 좀 춥지? 아, 야단 좀 치지 마. 집에 있으면 더 괴로우니까 왔지. 임자를 하루라도 안 보면 내가 못살 것 같으니 왔지."

눈은 그칠 줄 모르고 더 펑펑 쏟아지는데 폭설 속으로 사라진 할아버지 걱정으로 사람들 표정이 어두웠습니다. 우리 걱정을 달래듯 기사가 말했습니다.

"돌아오는 길에 할아버지 태우고 갈 테니 걱정들 마세요."

마음이 깜깜해지면 언제나 등불을 환하게 켜주던 그 사람이 이제 없다는 사실, 울고 싶을 때 다정하게 손 내밀어줄 그 사람이 이제 더 이상 없다는 사실, 참 두렵고 슬픈 사실입니다.

사랑의 시작은 분명히 인생의 아름다운 사건이지만, 사랑의 끝은 인생이 다하는 날까지 도무지 기록이 되지 않습니다. '끝났다'고 인식은 하면서도 가슴속에서는 끝낼 수가 없기 때문입니다.

혹자는 말합니다. 사랑을 하지 않고 아프지 않는 사람보다 사랑하고 아픈 사람이 훨씬 행복하다고……. 하늘이 두 사람을 갈라놓은 후에도 결코 그 사랑을 버리지 못하는 할아버지도, 하늘로 가서도 여전히 그런 사랑을 받는 할머니도 부러웠습니다.

한번 뿌리를 내리면 언제나 그곳에 서 있는 나무처럼 오직 한곳만 바라보는 사랑. 그 사랑의 비결은 무엇일까요? 아마도 첫 마음을 기억하고 간직하는 일일 것입니다. 매일 아침 세수를 하는 것처럼 매일 아침 사랑도 맑게 닦아보는 일일 것입니다. 그래서 매일 새롭게 그 사람을 간절한 마음으로 사랑하는 일, 그것이 그토록 애태우며 만나기를 소망하던 그 첫 마음에 대한 예의가 아닐까요.

밤새
지켰어요

매일 퇴근 시간 무렵이면 주택가 길목에 위치한 동네 서점에 들러서 책을 사가는 단골손님이 있습니다. 어떤 날은 아이 손을 잡고 오기도 하고 어떤 날은 아내와 같이 와서 책을 고르기도 했습니다. 서점 주인은 그에게 새로 나온 책을 골라주기도 하고 요즘 잘나가는 책을 소개해 주기도 했습니다.

그날도 그 단골손님이 와서 책을 고르고 있었고, 서점 주인은 새로 도착한 책들을 정리하고 있었습니다. 그때 한 통의 전화가 걸려왔습니다. 서점 주인의 아들이 학교에서 축구하다가 크게 다쳤다는 전화였습니다. 서점 주인은 비명을 지르며 뛰어나갔습니다.

그날 밤, 서점 주인은 아들이 수술을 받는 동안 병원에서 밤을 꼬

박 새웠습니다. 아침이 밝아올 즈음 아들이 깨어났는데, 다행히 경과가 좋았습니다.

"이제 걱정하지 않으셔도 되겠습니다."

의사의 말을 듣는 순간 서점 주인은 안도의 한숨을 내쉬었습니다. 그리고 그제야 "아차!" 했습니다. 아들이 다쳤다는 전화를 받고 급히 뛰어나오느라 서점 문을 잠그지 않고 온 것이 뒤늦게 떠오른 것입니다.

'큰일 났다. 금고도 그대로 놓고 나왔는데……. 통장과 도장들도 그대로 놔두고, 중요한 서류들도 많은데…….'

서점으로 달려가는 동안 별생각이 다 들었습니다.

그렇게 한달음에 서점으로 달려가 보니 서점 문이 활짝 열려 있었습니다. 그리고 매일 오는 그 단골손님, 어제저녁에도 책을 사러 와서 책을 보고 있던 그 사람이 안에 있었습니다.

"여, 여긴…… 꼭두새벽부터 어떻게……."

두서없이 말이 튀어나오는데 그 단골손님이 말했습니다.

"어제 무슨 전화를 받고 그냥 뛰어나가시는데 문도 잠그지 않고 나가셨잖아요. 서점에 도둑이 들까 봐 밤새 여길 지켰습니다."

"아니, 그렇다고 어떻게 여기서 밤을……."

주인이 어쩔 줄 몰라 하자 단골손님이 말했습니다.

"휴대전화도 놓고 가시고 연락할 곳은 없고…… 그러니 어떡해요, 제가 지켜드려야죠. 단골손님도 이 서점의 주인입니다. 허허."

고마운 마음이 너무 크니 인사도 나오지 않았습니다. 서점 주인은 그저 고개만 연거푸 꾸벅꾸벅 숙였습니다.

대전의 도서관에 강연을 갔다가, 그 강연을 들으러 온 서점 주인이 전해준 이야기입니다. 서점 주인은 단골손님에게서 받은 그 고마운 마음을 다른 손님들에게 미소와 친절로 나눈다고 했습니다.

누군가의 선한 마음은 그렇게, 작은 물결로 이어지며 크게 크게 세상으로 퍼져나갑니다.

아버지는
언제나

드라마를 쓰기 시작한 후 정말 많은 어려움을 겪어야 했습니다. 바닥을 치면 올라갈 날도 있겠지 생각했지만 그런 나를 비웃기라도 하듯 암담한 날들이 계속되었습니다.

'그만둬야겠다…… 내 길이 아닌가 보다…….'

오랜 세월 나를 매혹시켰으나 동시에 나를 너무도 힘들게 하던, 내 오랜 짝사랑의 상대이던 드라마를 이제 그만 떠나보내야겠다고 생각했습니다.

그즈음 아버지가 우리 집에 다니러 오셨습니다. 아무리 표현을 하지 않으려 해도 자식이 어려운 것은 부모에게 들키고 마는 법입니다. 아버지는 내 힘든 상황을 눈치채셨습니다.

아버지가 산책을 가지고 하셨고, 아버지를 따라나섰습니다. 말없이 걷다가 어느 길목에서 아버지는 발걸음을 멈추셨습니다. 그리고

담쟁이를 보면서 말씀하셨습니다.

"담쟁이도 올라가기 쉬운 거 아니다. 그래도 견디며 올라간다. 나중에는 쉬워져."

그러고는 먼저 걸어서 가버리셨습니다. 아버지의 그 말이 가슴을 치는 듯해 한동안 그 자리에 가만히 서 있었습니다.

아버지가 돌아가신 후에도 나는 드라마 때문에 많은 상처를 받아야 했습니다. 쓰디쓴 고통을 맛본 적도 있었습니다. 링거를 맞아가며 그야말로 죽을힘을 다해 쓴 연속극의 원고료를 받지 못한 적도 있습니다. 세상이 나에게 등을 돌리는 것 같았고, 나를 둘러싼 많은 이들이 다 적처럼 느껴졌습니다. 더 이상은 버틸 수 없다는 생각이 들었습니다.

'더는 못 하겠어.'

자포자기하는 심정이 되어 골목을 걸어갔습니다. 그 골목은 아버지와 함께 걸었던 그 길이었습니다.

그때였습니다. 아버지가 멈춰 섰던 바로 그 지점에서 발길이 저절로 멈춰졌습니다. 가을이라 벽을 온통 뒤덮고 있던 담쟁이 잎들이 듬성듬성 틈을 보였고, 그래서 담쟁이의 작은 발들을 볼 수 있었습니다. 담쟁이의 발들은 차가운 시멘트 벽에 안간힘을 다해 착지하고 있었습니다. 그리고 죽을힘을 다해 버티고 있었습니다.

'아······.'

저절로 한숨 같은 탄성이 터졌습니다. 작고 여린 담쟁이도 저 차가운 시멘트에 기어올라 버티고 있는데, 저 거친 벽에 온 힘으로 착지하고 있는데, 나는 인간으로 태어나 겨우 그만한 일로 내려서려고 하고 있었습니다.

내가 몸담고 있는 세상이 아무리 차갑고 냉정해도, 아무리 이기적이고 비정하다고 해도, 그래도 늦가을 시멘트 벽보다야 차갑지 않을 텐데, 시멘트 벽보다는 거칠지 않을 텐데, 그런데도 나는 눈물지으며 사람들에게서 돌아서려고 하고 있었습니다.

아버지가 그때 왜 나를 데리고 산책을 나가셨는지, 왜 담쟁이넝쿨이 무성한 그 골목을 지나가셨는지, 왜 담쟁이넝쿨 앞에 멈춰 서서 담쟁이넝쿨을 바라보셨는지 그제야 알 것 같았습니다.

아버지가 계신 하늘을 보았습니다. 아버지의 얼굴이 하늘에 어렸습니다. 그리고 이렇게 일러주었습니다.

"차가운 시멘트 벽을 기어오르는 담쟁이넝쿨처럼 살아라."

아버지가 돌아가시고 난 직후, 그때도 나는 무기력에 빠져 모든 것을 다 포기하고 싶었습니다. 고향 집에서 아버지가 주무시던 안

방에 누워 있는데, 아버지가 꿈에 나타나셨습니다. 마치 그럴 줄 알았다는 듯 아버지는 내게 호통을 치셨습니다.

"네가 하고 싶다고 고집부린 일 아니냐. 열심히 해봐!"

꿈에서 깨어나 한참 울었습니다. 죄송하다고 죄송하다고…… 울면서 그 말만 하염없이 했습니다.

아버지는 돌아가셨지만, 내 곁을 떠나신 게 아닙니다.

오히려 마음 안에 더 깊이 계십니다.

그래서 어려울 때면 힘을 주십니다.

추울 때면 난로를 지펴주십니다.

포기하고 싶을 때면 용기를 주십니다.

혹 하나
더 붙이고 왔지만

빠듯한 살림살이에 절약하며 모은 돈을 남편 친구가 빌려갔습니다. 그런데 그 돈을 약속한 날짜에 갚지 않았습니다.

"한 달만 쓰고 준다고 해놓고 1년이 지나도록 안 갚으면 어쩌자는 거야?"

경진은 아이들 학교 등록금도 내야 해서 애가 탔습니다.

남편은 그 친구의 사정이 딱하게 됐다고 했습니다.

"식구들, 친척들 돈까지 다 끌어들여 주식에 투자했다가 완전히 망했대. 나까지 돈을 달라고 할 수가 없더라. 집도 다 날렸나 봐."

남편과 절친한 그가 힘들게 되었다는 말에 경진은 걱정스러운 마음이 들었습니다. 그러나 한편으로 그 친구가 원망스러운 것도 사실이었습니다.

"당신이 못 받으면 내가 가서 받아야겠어. 그게 어떤 돈이야? 콩나물 값 아껴가며 한 푼 두 푼 모은 돈이야. 우리 아이들 학교 등록금 낼 돈도 빠듯해. 이렇게 앉아 있을 수는 없어."

남편이 말렸지만 다음 날 경진은 기어이 그 집을 찾아갔습니다.

원래 살던 집은 이미 다른 사람에게 넘어가 있었습니다. 경진은 남편 친구가 이사한 집을 어렵게 알아내 찾아가 보았습니다. 초라한 그 집 너머로 피아노 소리가 들려왔습니다. 경진이 가까이 다가가 들여다보니, 그 친구의 아내가 동네 꼬마에게 피아노 교습을 하고 있었습니다. 낡은 중고 피아노는 소리가 제대로 나지 않는 듯했습니다.

경진의 기억 속에 있는 그녀는 사람들을 늘 배려하는 따뜻한 성품을 지닌 여인이었습니다. 피아노 교습을 끝낸 그녀가 찾아온 경진을 놀란 얼굴로 보았습니다.

경진은 그 집의 상황이 남편이 말한 것보다 훨씬 더 어렵다는 것을 알았습니다. 집 안에 있던 가전제품들이며 가구들까지 빚쟁이들한테 다 빼앗겼지만, 낡은 피아노 한 대는 남겨두었다고 했습니다. 그 피아노로 동네 꼬마들 몇 명을 가르치고 있는데, 그걸로 학교 다니는 아이들 학비를 겨우 충당하고 있다고 했습니다.

"죄송해요. 남편이 진 빚은 제가 어떻게 해서든 갚겠습니다. 빨리 갚겠다고는 약속 못 드리겠지만 꼭 갚을 테니 기다려주세요."

그녀는 이렇게 말하며 집 주소를 적은 종이를 건네주었습니다.

"저희 집 주소예요. 사정상 휴대전화도 정지시켰지만 연락이 안 되더라도 불안해하지 마세요. 도망은 가지 않습니다."

경진은 집으로 돌아오는 발걸음이 무거웠습니다.

'어휴, 그 낡은 피아노로 어떻게 아이들을 가르치겠다고…….'

마침 악기 판매점 앞을 지나게 되었습니다. 경진은 자기도 모르게 그 가게로 들어갔습니다. 그리고 피아노 한 대를 24개월 할부로 구입했습니다. 악기점 사장이 "어디로 배달해 드릴까요?" 하고 묻자 경진은 아까 받은 주소를 건네며 말했습니다.

"이 주소로 배달해 주세요."

집에 돌아온 경진에게 남편이 물었습니다.

"돈 받아왔어?"

경진이 남편에게 할부 영수증을 내밀었습니다.

"이거 당신이 내."

남편이 영수증을 보고 놀랐습니다.

"이게 뭐야? 피아노는 왜 샀어?"

"아, 묻지 말고 할부나 갚아. 난 몰라."

혹 떼러 갔다가 혹 붙이고 왔는데 왜 마음은 가벼워진 것인지 경진은 알 수 없었습니다.

참 예쁜
선행

　진희가 여중생일 때였습니다. 아파트 단지에 오후가 되면 어김없이 폐지 줍는 할아버지가 나타났습니다. 하교하는 시간과 할아버지가 힘겹게 리어카를 끌고 나타나는 시간이 비슷해서 진희는 종종 할아버지와 마주쳤습니다.

　요즘 아파트들은 분리수거하는 날이 따로 정해져 있고 보안 업체 직원들이 관리하지만 그때는 헌 옷이며 내다 버린 종이가 많았습니다. 한여름 서 있기조차 힘든 폭염에도 할아버지는 하루도 거르지 않고 폐지를 모았습니다.

　어느 날, 할아버지가 한구석에 쪼그리고 앉아 슈퍼마켓에서 파는 빵 봉지를 뜯고 있었습니다. 할아버지는 이가 좋지 않은지 빵을 구겨넣듯 입에 넣고 몇 번 우물우물하다 어렵게 삼키곤 했습니다. 신희는 음료수라도 건네고 싶었지만 망설여졌습니다. 어떻게 말을 걸어야 할지, 어떻게 필요한 것을 건네야 할지 몰랐습니다.

　그때였습니다. 지나가던 아주머니가 집에서 시원한 물을 가지고 나와 할아버지에게 건넸습니다. 할아버지는 몇 번이고 사양하다가 그 물을 받아서 시원하게 마셨습니다. 그 아주머니를 시작으로 할아버지를 돕는 손길은 마치 릴레이 같았습니다. 어느 아주머니는 김밥을 들고 나와 할아버지에게 드렸고, 어느 아주머니는 국을 떠와서 드시라고 했습니다. 그 뒤로 할아버지가 올 때마다 동네 아주머니들은 할아버지가 드실 음료수와 음식을 가져다드리곤 했습니다. 폐지도 따로 모아두었다가 할아버지에게 건네주었습니다.

　할아버지는 동네 주민들의 그 따뜻한 호의가 고마웠습니다. 그래서 폐지를 판 돈으로 뭐 좋은 일을 할 게 없나 고민하다가 동사무소에 봉투를 하나 들고 들어갔습니다.

　"좋은 일에 써주세요."

　할아버지는 그렇게 매달 폐지를 모아 판 돈의 일부를 동사무소에 기부했습니다.

　진희에게도 그날 이후 습관 하나가 생겼습니다. 어디서든 도움이 필요한 사람을 보면 망설이지 않고 달려가 도와주는 습관입니다. 진희는 동네 아주머니들에게 배웠습니다. 선행은 커다랗고 위대한 것이 아니라 아주 작은 보살핌이라는 것을 말입니다.

아버지와의
화해

아버지는 아들에게 기대를 많이 걸었습니다. 아버지가 그랬듯 아들 또한 고시에 멋지게 통과해 법관의 대를 이어주기를 바랐습니다. 아들은 아버지의 바람대로 명문대 법대에 진학했습니다. 아버지의 어깨가 올라갔습니다.

그러나 아들은 법 공부가 힘들었습니다. 아니, 법 공부가 싫었습니다. 계속 아버지의 뜻대로 살아왔으나 점점 힘에 부쳤습니다. 고시 준비를 하기는 했지만 몇 번이나 고배를 마셨습니다.

기대에 못 미치는 아들에게 아버지는 실망했습니다. 아들은 아들대로 아버지가 두려웠습니다. 아버지와 아들은 그렇게 점점 멀어져갔습니다.

아들은 직장에 다니면서 결혼을 하고, 아이들도 낳고 살았습니다. 그러나 아버지는 아들을 보면 못마땅한 것투성이입니다. 저따위로 살라고 공부를 시켰나 싶었고, 야망 없이 살아가는 사내는 쓸모없는 인간이라고 생각했습니다.

아들은 일주일에 한 번 아버지의 집에 찾아가는 것을 죽기보다 싫어했습니다. 아버지를 대면하기 싫었습니다. 아버지의 말상대는 자연히 며느리가 했고, 집안의 대소사도 아들이 아닌 며느리가 대행했습니다.

그런데 꼬장꼬장하던 아버지가 어느 날 쓰러지셨습니다. 인공호흡기로 연명하던 어느 날 의사가 가족을 불러 통보했습니다.

"며칠 안 남은 것 같으니 마음의 준비를 하십시오."

임종의 순간이 언제 올지 모르니 가족이 교대로 병실을 지켰습니다. 아들 내외가 병실을 지키기로 한 날, 아내가 말했습니다.

"오늘은 당신 혼자 아버님한테 가."

"싫어. 당신도 같이 가."

아내가 말했습니다.

"당신…… 아버님한테 할 말이 있잖아."

아내는 중요한 약속이 있다고 했고, 할 수 없이 아들 혼자 아버지 병실에 들어섰습니다.

아버지와 아들, 단둘만 한 공간에 있어본 적이 언제였는지…….
아득해서…… 너무나 아득해서 아들의 가슴이 먹먹해졌습니다. 고
등학생 때 이후로는 아버지와 단둘이 있어본 적이 없었습니다.

이불 밖으로 나온 아버지의 손을 봤습니다. 링거를 맞느라 퉁퉁
부은 아버지의 손으로 아들의 손이 가까이 다가갔습니다. 그러나
그 손을 차마 잡을 수 없었습니다. 갑자기 눈물이 무너진 둑처럼 터
져나왔습니다.

"아버지."

이렇게 불러본 적이 언제인지 아득했습니다.

아버지…… 아버지…… 아버지…….

한번 터지자 자꾸 부르고 싶었습니다.

"아버지, 우리…… 더 행복할 수 있었을 텐데…… 왜 그렇게 살아
야 했을까요……. 죄송합니다. 아버지 기대에 미치지 못한 아들이
라서 정말 죄송합니다. 다음 생에는 아버지가 자랑스러워할 만한
아들을 만나십시오."

그리고 평생 단 한 번도 해본 적 없는, 그러나 마음속 깊이 잠복되
었던 말이 터져나왔습니다.

"아버지…… 사랑합니다……."

몰래 숨어서 지켜보던 아내가 그제야 남편 곁으로 다가왔습니다. 그리고 남편의 손을 잡아당겨 아버지 손을 잡게 해줬습니다. 남편은 아내의 뜻을 비로소 알 것 같았습니다. 둘이서 화해할 시간을 준 것입니다. 울음이 터진 남편의 등을 안고 아내가 가만히 두드려줬습니다.

"잘했어, 여보. 정말 잘했어. 아버님은 지금 이 순간 당신이 자랑스러우실 거야."

사랑한다면
표현하세요

《감동의 습관》이라는 책을 내고 나서 어느 회사에 강연을 간 적이
있습니다. '감동의 습관'을 주제로 한 그 강연에서 나는 말했습니다.

"사랑하는 사람에게 감동을 선물하세요."

그러자 이런 질문들이 쏟아졌습니다.

"사랑하는데 마음을 고백하는 방법을 모르겠어요."

"어떻게 그 사람을 행복하게 해줘야 할지 모르겠어요."

우리는 알고 있습니다. 사랑은 그 사람이 행복하기를 바라는 마
음이라는 것을. 그 사람이 웃는 모습을 보고 싶고, 그 사람이 기뻐하
는 모습을 보고 싶은 것이 사랑이라는 것을.

그런데 그 방법을 알지 못해 그 사람을 더 쓸쓸하게 만들어버리
기도 합니다. 그러면서 위안합니다. 사랑은 마음으로 하는 것이라

고. 굳이 표현하지 않아도 그 사람이 알아줄 것이라고.

그래요. 사랑은 마음으로 하는 것이 분명합니다. 마음에 차고 넘치지 않으면 그것은 사랑이 아닙니다. 하지만 마음에 담아두기만 하는 것 또한 사랑이 아닙니다.

사랑은 발이 없습니다. 그래서 상대방의 마음에 혼자서는 절대 가서 닿을 수가 없습니다. 사랑하는 마음은 속으로만 꼭꼭 간직하는 것이 아닙니다. 사랑받는 이의 마음이 행복할 수 있도록 내보이는 것입니다.

가장 위험한 생의 고비에서, 그리고 가장 기쁜 순간에 부르고 싶은 이름, 그 사람이 바로 사랑하는 사람입니다.

인생이 유격 훈련처럼 고단할 때, 링 위에서 싸우는 복서처럼 고독할 때, 혼자 불빛 하나 없는 밤길을 걸어가는 기분일 때 부르고 싶은 이름, 부르면 마음이 따뜻해지는 이름, 부르면 힘을 얻게 되는 이름, 부르면 꿈이 생기는 이름, 부르면 더욱 그리워지는 이름, 그 이름을 목 놓아 불러보는 것은 어떨까요.

그리고 고백을 해보는 건 어떨까요.

생의 마지막 순간에 부르고 싶은 이름이 바로 당신이라고……

친구의
김장 김치

고향 친구 경순에게서 전화가 왔습니다.

"김장했는데 맛있네. 갖다 주려고 하는데 집에 있을 거니?"

"오늘은 바빠. 오지 마."

"알았어. 네가 한가한 날 말해."

며칠 후 또 전화가 왔습니다.

"김장 김치 너무 익으면 맛없어. 집으로 갈게."

"안 돼. 오늘 방송사 가야 돼."

그러기를 몇 번. 지칠 만도 한데, 그냥 먹어버리든지 다른 사람 줄 만도 한데, 경순은 포기하지 않았습니다.

"오늘 동창 모임 오니? 길 때 내가 김치 갖고 갈게."

"나 오늘 제주도 내려가. 그냥 다른 사람 주든지 네가 먹든지 해.

시간이 도무지 안 맞네.”

그러자 경순이 말했습니다.

“너 생각하면서 담근 김치를 어떻게 다른 사람을 줘?”

경순은 결국 그 김치 보따리를 싸들고 공항까지 왔습니다. 제주도에서 서울로 오는 날, 늦은 밤에 비행기에서 내렸는데, 내가 도착하는 시간을 안 경순이 공항으로 나온 것입니다.

집에 와서 김치 보따리를 푸는데, 잘 익은 김치 냄새가 확 풍기더니 코끝이 찡해왔습니다. 이 김치 보따리를 몇 번이나 쌌다 풀렀다 했을까요. 뭐 하나 해주는 것 없는 친구를 위해 정성껏 김치를 담그고 전해주기 위해 김치 통을 몇 번이나 들었다 났다 했을 친구……. 고맙다는 말을 하려고 전화했는데, 내 입에서는 불쑥 이런 말이 튀어나왔습니다.

“다음부터는 이런 거 담그지 마. 부담스러워.”

경순은 헤헤 웃으며 대답했습니다.

“싫어. 매년 네 김장 김치는 내가 해줄 거야.”

그 김장 김치를 먹을 때마다 뭉클합니다. 늦은 밤, 김치 보따리를 두 손 가득 들고 공항에서 기다리던 경순이 떠올라서……. 전혀 안 매운데 자꾸 눈물이 납니다.

감기 기운이 있을 때 건네주던 노란 밀감 하나, 추워서 콜록거릴 때 내 목에 둘러주던 목도리, 울고 싶어지던 날 썰렁하게 웃기던 농담 한 마디, 마음이 쓸쓸할 때 불어주던 휘파람 소리, 열이 펄펄 끓을 때 이마에 얹어지던 따뜻한 손길…… 그렇게 내 마음을 위로해주는 것은 거창하거나 값이 많이 나가는 게 아니지요.

언제나 마음을 꽉 채워주는 것은, 아주 작고 따뜻한, 불씨 같은 마음입니다.

천 원짜리
여섯 장

어느 안경사가 실제 사연이라며 인터넷에 올린 글입니다.

시장에서 채소 장사를 하는 한 아저씨가 안경점에 들어섰습니다. 장모님을 모시고 사는 그가 안경사에게 고민을 털어놓았습니다. 장모님께 안경을 맞춰드려야 하는데 가격이 비싸다고 한사코 괜찮다고 사양하신다는 것입니다.

가난한 살림이라 아내도 선뜻 나서지 못하고 아저씨 눈치만 보고 있는 것 같다며 그는 5만 원을 미리 내면서 아내와 장모님이 부담을 가지지 않게 그들 앞에서는 안경이 저렴한 것처럼 말해달라고 했습니다. 아내와 장모님 앞에서는 정가에서 5만 원을 뺀 가격을 얘기해 달라고 부탁한 것이지요.

며칠 후 올망졸망한 손자들과 함께 아저씨의 손에 이끌려 할머니가 안경점에 오셨습니다. 할머니가 고른 안경은 정가가 10만 원 정도였습니다.

아저씨와 미리 짠 대로라면 5만 원이라고 말해야 했지만, 할머니가 그것도 비싸다며 놀라실 것 같아 안경사는 "1만 원입니다"라고 말해버렸습니다. '경로우대 특별 서비스'라는 그럴듯한 거짓말까지 둘러대면서 말입니다.

할머니는 가격도 싸고 좋다며 그 안경을 쓰고 자꾸만 거울을 들여다보셨습니다. 아저씨가 지갑에서 돈을 꺼내 지불하려는데, 그 순간 진열대 밑에서 불쑥 어린 손자가 고개를 내밀더니 꼬깃꼬깃 접은 천 원짜리 여섯 장을 내놓았습니다. 할머니 안경을 해드리려고 동생과 함께 모은 것이라고 했습니다. 손자의 말에 할머니의 눈자위가 금세 붉어졌습니다.

안경사는 그 1만 원도…… 차마 받을 수가 없었습니다.

행복한 가정이 되기 위해서는 결코 돈이 중요한 것 같지 않습니다. 서로를 위하는 사랑이 행복의 제1조건이라는, 그 평범한 진리를 다시 한 번 느껴봅니다.

명의의
조건

감기에 걸려 동네 병원에 갔습니다. 병원 문을 열고 들어서는데, 아이의 울음소리가 들려왔습니다. 방글라데시에서 온 근로자의 아이인데, 예방접종을 하러 온 듯했습니다. 아이 아빠가 이것저것 서툰 한국어로 물어보고 있었고, 의사는 그의 말을 한마디도 놓치지 않으려고 애쓰며 성실히 대답을 해줬습니다.

병원에는 많은 환자가 대기하고 있었고, 그 외국인 근로자 때문에 오랜 시간이 지체되었지만 간호사도 끝까지 친절했고, 다른 환자들도 모두 미소를 지으며 순서를 기다렸습니다.

예방접종을 마치고 나가면서 외국인 근로자는 "고맙습니다, 감사합니다"를 수십 번이나 반복했고, 병원 문을 나서다가도 다시 들어와서 의사에게 고맙다고 인사했습니다. 그럴 때마다 의사는 그에게 주의 사항을 다시 설명하고, 다음 접종 날짜가 언제인지 짚어주었습니다.

"의사 선생님이 참 친절하시네요."

내가 감탄하자, 대기실에서 기다리던 60대 여성이 말했습니다.

"이 병원 처음인가 봐요? 여기 왜 이렇게 사람이 많은지 알아요? 의사 선생님이 따뜻해서 그래요. 몇 달 전에 내가 어디가 아파서 왔는지도 다 기억하세요. 그래서 다른 동네로 이사 간 사람들도 이 병원까지 일부러 찾아와요. 다른 병원에는 못 가요."

옆 병원은 환자가 전혀 없는데, 이 병원에는 환자가 붐비는 이유가 거기 있었습니다.

몸이 아프면 가고 싶지 않아도 가야 하는 곳, 병원입니다. 병원에 가면 환자는 의사에게 따뜻한 관심과 정성 어린 진찰을 받고 싶어 합니다. 하지만 그런 의사를 만나기가 쉽지 않은 일이지요.

그래서 따뜻한 말 한마디 건네주고, 어제 왔던 환자의 증세를 일일이 기억해 주는 의사를 다시 찾아가고, 몸이 아플 때마다 그런 의사의 손길에 의지하고 싶은 게 환자의 마음입니다. 그러므로 환자의 몸도 몸이지만 마음을 고쳐주는 의사가 명의名醫라는 소리를 듣게 되지요.

솔직히 의사를 떠올릴 때 드는 선입견은 그렇게 따뜻하지 않은 것이 사실입니다. 언제나 딱딱한 얼굴로 진찰하고 처방전을 바삐 내려주는 의사들. 그래서 몸이 아파도 병원에 가기가 싫을 때가 많습니다.

그런데 언젠가 참 반가운 뉴스를 들었습니다. 의사들이 좋은 일에 발 벗고 나섰다는 소식이었습니다.

"형편이 어려워서 몸이 아파도 병원에 갈 엄두를 못 내던 소년소녀가정에 조그만 힘이라도 되어줄 것입니다."

'소년소녀가정 주치의 맺기' 운동 본부가 생기게 된 취지입니다.

빈곤 가정이 급속히 늘면서 부모와 헤어져 할머니와 할아버지에게 맡겨진 아이들이 많다고 하는데, 의사 한 명당 소년소녀가정 한 곳 내지 세 곳을 맡아 주치의처럼 돌보기로 했다는 것입니다. 더불어 보호자인 할머니와 할아버지의 건강 상태도 위급하기에 함께 보살핀다고 합니다.

"사람들의 신뢰를 못 받으면 의사는 단순히 돈 버는 기계가 됩니다. 특권 집단이 되는 것이지요. 의사들이 국민의 신뢰를 받기 위해서는 사회적 연대와 실천이 무엇보다 중요합니다."

어느 의사의 이 말이 머릿속에 오래 남습니다.

돈보다 사람을 생각하는 의사, 환자의 아픈 부위만 보는 것이 아니라 아픈 마음을 보는 의사, 이런 의사들이 있는 한 병원 문턱은 높지도 차갑지도 않은, 낮고 따뜻한 사랑과 위안의 울타리입니다.

12년 동안
계속 해온 일

중학교 동창 김문호는 국내 굴지의 대기업에 다닙니다. 문호가 팀장 시절부터 12년 동안 해오는 일이 있습니다. 팀원들의 생일이 되면 언제나 책을 선물하는 것입니다. 서점에 가서 책을 골라서 미리 읽어보고 그 책에 축하와 앞으로의 기대를 담아 건네줍니다.

이 일을 계속하면서 좋은 점은 생일을 맞이한 팀원이 좋아할 만한 책을 골라야 하므로 그에 대한 연구가 시작된다는 점이었습니다. 그가 결혼했는지 안 했는지, 결혼을 했으면 배우자는 어떤 사람인지, 자녀는 몇 명이며 몇 살인지, 그는 어떤 취미, 어떤 가치관을 가지고 있는지……. 그러다 보니 그에게 관심이 가고, 그를 조금이라도 더 이해하게 됩니다. 그 과정을 거쳐 그가 좋아할 만한 책을 고르기 위해 서점에 가서 이런저런 책을 살펴보는 시간을 문호는 가장 사랑합니다. 문호는 지금까지 12년 동안 600권이 넘는 책을 개인 돈을 들여서 샀고, 선물했습니다.

아침 조회 때 생일을 맞은 사람에게 책을 선물하면 그의 얼굴에 환한 미소가 피어납니다. 문호는 그 미소를 이렇게 표현합니다.

"책을 주면 나에게 꽃이 돌아옵니다."

문호는 팀원들에게 한 끼 식사를 사주는 것도 좋지만, 책을 선물하는 것이 팀원들과의 소통에 훨씬 효과적이었다고 말합니다. 그래서 팀원의 수가 많지만 단 한 번도 팀원들 간의 불화로 말썽을 빚은 적이 없다고 합니다.

부동산 사업을 하는 지인에게도 비슷한 말을 전해 들었습니다. 그동안 모델하우스에 찾아오는 고객들에게 이런저런 선물들을 했어도 별 효과가 없었는데, 감동 있게 읽은 책을 고객들에게 선물했더니 계약률이 많이 상승했다고 합니다.

책을 선물하는 일은 지성과 감성을 선물하는 일입니다. 그리고 인생을 살아갈 기회와 꿈을 선물하는 일입니다. 흔히 마음의 양식이라고 하지만 책은 추억의 양식이기도 합니다. 책을 읽던 당시의 느낌이 삶의 건전지가 되어주기도 하니까요.

아들이 불러주는
엄마의 노래

아들이 다섯 살 때 나는 아들 손을 붙잡고 서울로 올라왔습니다. 교사라는 직업도, 남편도 부산에 두고 어린 아들을 데리고 떠나온 것입니다. 선량한 남편이 내 뜻을 존중해 주었고, 주말부부로 살아가게 되었습니다.

아들이 다니는 유치원이 창밖으로 내다보이는 아파트에 터전을 잡고, 글을 쓰며 아들과 함께 살았습니다. 외롭고, 춥고, 고달프던 그 시절, 내 감정의 돌파구는 노래였습니다.

어린 아들을 데리고 종종 동네 노래방에 갔습니다. 노래방에 갈 때 준비물은 스케치북. 아들 재형이는 노래방에 가면 노래는 부르지 않고 노래방 조명 아래에서 그림만 그렸습니다. 단 한 번도 칭얼대지 않고, 그렇다고 노래에 반응하지도 않으면서 엄마가 노래하는 동안 그림만 그렸습니다.

그런 재형이가 훌쩍 자라 군에 가게 되었습니다.

입대 며칠 전 재형이가 "엄마, 노래방에나 갑시다" 했고, 아들과 나는 오랜만에 노래방에 갔습니다. 재형이는 노래 몇 곡을 예약하고 그 노래들을 계속 불렀습니다.

재형이 다섯 살, 여섯 살 무렵에 내가 노래방에서 부르던 노래들이었습니다. 〈애모〉, 〈흔적〉, 〈언젠가는〉, 〈부초〉, 〈무인도〉, 〈꽃밭에서〉, 〈화요일에 비가 내리면〉……

엄마가 청승맞게 노래 부를 때 그림만 그리던 꼬맹이 재형이는 사실 귀로, 마음으로 엄마의 노래를 다 들은 것입니다. 그리고 그 노래들이 재형이의 가슴에 각인된 것입니다.

"엄마, 저 키우느라 고생 많았어요. 이젠 꼬맹이 재형이가 아니에요. 어른이에요. 그러니까 제 걱정 말고 편히 지내세요. 친구들과 노래방에도 가고 엄마 기분 풀면서 지내세요."

자식 앞에서 센 척하느라 그날도 나는 노래만 불렀습니다. 대신 청승맞은 엄마에서 즐겁게 사는 엄마로 이미지 변신을 하기 위해 그날은 빠르고 비트 있는 노래들만 불렀습니다.

내 곁에 있어줘서
고마워요

트랜지스터라디오 잡음같이 쏟아지던 햇빛이 천천히 스러지고 저녁 시간이 되면 누구나 집으로 돌아가지요. 집은 외로운 혼자가 모여드는 공간입니다. 그 혼자의 마음들이 모여 속내의처럼 따뜻한 위로를 나누며 살아가는 힘을 얻는 공간입니다.

그런데…… 우리의 집이 과연 그런 공간이 되어주고 있을까요?

어린 딸의 통통한 두 볼, 변성기가 된 아들의 걸걸한 목소리, 아버지의 시선, 어머니의 온기. 나를 선하게 만들고, 나를 포기하지 않게 하고, 나를 행복하게 만드는 사람, 말 한마디 없이, 기척도 없이 모두 해내는 사람…… 그 사람들이 내 든든한 배경입니다.

내 배경이 되어주는 사람들, 그리고 내가 기꺼이 배경이 되어줄 수 있는 그 사람들이 있는 그 공간이 바로 집입니다.

집으로 가는 발걸음은 천국으로 가는 발걸음입니다.

외딴곳을 헤매는 우리는, 차가운 바람을 지나 마침내 따뜻한 등불이 켜진 그 오두막에 도착합니다. 그 문을 열고 들어서면 나를 맞아주는 사람들이 있습니다.

그들에게 늦지 않게 고백해야 합니다.

"내 곁에 있어줘서 고마워요."

운동다운
운동

　요즘 학생들은 운동할 시간이 절대적으로 부족합니다. 그런 아이들을 운동시키려고 노력하는 체육 선생님이 있었습니다.

　고3 체육 시간에는 주로 영어나 수학 공부를 하곤 합니다. 그날도 체육 시간인데 며칠 후에 있을 영어 모의고사에 대비한 영어 자체 시험을 볼 참이었습니다. 그런데 시험 감독으로 바로 그 체육 선생님이 들어왔습니다.

　체육 선생님은 교탁 위에 시험지를 추스르더니 반 아이들을 둘러보면서 씩 웃고는 창문 밖으로 시험지를 쫙 뿌렸습니다. 그 교실은 5층이었습니다. 황당해하는 학생들에게 체육 선생님은 이렇게 외쳤습니다.

　"가서 주워다 풀어!"

　학생들이 멍하니 앉아 있자 체육 선생님이 다시 소리쳤습니다.

"뭐 해? 빨리 주워다가 푸는 학생은 시간 버는 것이고, 늦게 가져오는 학생은 시간 버리는 것이다!"

학생들은 모두 시험지를 찾기 위해 밖으로 뛰쳐나갔고, 주워서 헐레벌떡 교실로 들어왔습니다. 체육 선생님은 이렇게 말했습니다.

"너희들 운동이 부족해서 운동 좀 시켰다. 그럼 이제 풀어!"

그런데 한 학생이 부모에게 말했는지, 항의가 들어와 학교가 한바탕 난리가 났습니다. 중요한 시험도 아니고 자체 시험이었는데 그것을 부모에게 일러바친 학생이 얄미웠는지 그 반 담임인 생물 선생님이 교실에 들어와 이렇게 외쳤습니다.

"바퀴벌레보다 세균이 2,422개 더 많은 녀석 같으니라고. 이런 작은 일을 또 일렀다가는 다음에는 아주 아메바로 만들어버릴겨!"

체육 시간에 영어 자체 시험 치는 게 문제지, 시험지 가지러 가는 시간만이라도 운동하라고 시킨 선생님이 잘못일까요? 어쩌다 운동 시간에 운동하게 해주는 것이 문제인 시대가 되어버렸을까요?

"우리에게 체육 시간을 돌려주세요!"

아이들은 정말 운동다운 운동이 하고 싶습니다.

어머니의
18번

어머니를 찾아가면 나는 매번 조릅니다.

"노래 불러주세요."

어머니가 즐겨 부르는 노래는 딱 두 곡입니다. 〈노들강변〉과 〈고향의 봄〉. 〈노들강변〉을 부를 때 어머니는 조금 슬퍼 보입니다.

노들강변 봄버들 휘휘 늘어진 가지에다

무정 세월 한 허리를 칭칭 동여매어 볼까

에헤요 봄버들도 못 믿으리로다

푸르른 저기 저 물만 흘러 흘러서 가노라

〈노들강변〉의 노랫말은 가는 세월을 아쉬워하는, 가버린 청춘을 붙잡고 싶어 하는, 그리고 떠나버린 아버지를 그리워하는 어머니의 마음입니다. 노래를 부르는 어머니의 눈시울이 이따금 젖어듭니다. 그럴 때면 나는 벌떡 일어나 덩실덩실 춤을 춥니다. 내가 춤을 추면 어머니는 "아이고, 잘 추네" 하며 노래에 흥을 냅니다.

어머니는 이어서 〈고향의 봄〉을 부릅니다. 나도 같이 따라서 부릅니다.

나의 살던 고향은 꽃 피는 산골
복숭아꽃 살구꽃 아기 진달래
울긋불긋 꽃 대궐 차리인 동네
그 속에서 놀던 때가 그립습니다

어머니의 유년은 어땠을까요. 한학자 외할아버지 밑에서 8남매 중 외동딸로 태어난 어머니는 어릴 때부터 무척 얌전했습니다. 읽고 있는 책을 빼앗길 때를 빼고는 떼쓴 적도 없었습니다.

어머니가 책을 좋아한 사실은 마을에 다 알려질 정도로 유명했습니다. 농사짓는 집에 시집와서도 밭일하고 돌아오기가 무섭게 책부터 손에 들었다가 할머니에게 타박을 듣곤 했으니까요.

어머니는 그 누구에게도 화를 낸 적이 없습니다. 싸우는 것을 본 적도 없습니다. 어릴 때 품성이 95세가 된 지금까지 이어서 지금도 큰소리를 내는 적이 없습니다.

우리 딸들은 그런 어머니를 보며 감탄사만 터뜨립니다.

"이 연세에 어떻게 이렇게 얌전하실까?"

"이 연세에 어떻게 이렇게 우아하실까?"

"이 연세에 어떻게 이렇게 로맨틱하실까?"

서울로 딸들을 대학 보내고 나서 어머니가 이런 편지를 보내오신 적도 있습니다.

내 딸들아, 하늘의 구름도 내 마음처럼 서울로만 흐르는구나.

어머니에게 나는 단 한 번도 공부하라는 소리를 들어본 적이 없습니다. 사이다 병을 깨끗이 씻어서 유채꽃을 꽂아 책상에 놓아주었을 뿐입니다. 단 한 번 야단도 치지 않았습니다. 자식의 선택을 늘 존중하고 인정해 주었습니다.

나는 어머니의 딸로 태어나 정말 행복했습니다. 그 행복을 더 오래오래 누리고 싶어 어머니 볼에 내 볼을 부비며 투정 부립니다.

"오래오래 이렇게 내 곁에 계셔야 해요."

낙관은
힘이 세다

아침에 신문을 펴들다가 웃고 말았습니다. 신문 사이에 끼어 있는 광고지 때문입니다. 재생지로 만든 작은 광고지에 이렇게 씌어 있었습니다.

'임진왜란 이후 최대의 세일!'

과장도 이쯤 되면 '귀여운 과장'입니다.

요즘 많이 어렵다고들 합니다. 그러나 주변에서 보면 어려운 내색 없이 난관을 헤쳐 나가는 사람들이 참 많습니다. 우리 민족은 예부터 아무리 어려워도 유머를 잃지 않고 낙관적인 생각을 했고, 머리가 똑똑해서 크고 작은 어려움들을 지혜롭게 이겨냈습니다.

이는 역사적으로도 밝혀진 사실입니다. 중국의 옛 문헌에 표현된 우리 민족의 모습을 살펴볼까요?

《산해경山海經》에는 "동쪽에 군자의 나라가 있는데, 그들은 예의 바르고 서로 사랑하며, 사양하기를 좋아하며 다투는 일이 없다"고 기록되어 있습니다.

《동방삭신이경東方朔神異經》에는 "그들은 서로 칭찬하기를 좋아하고 헐뜯지 않으며, 이웃이 어려운 일을 당하면 죽을 데라도 뛰어든다"고 했습니다.

그런가 하면 《삼국지三國志》에서는 "그들은 성품이 착하고 염치를 안다"고 묘사하고 있습니다.

《후한서後漢書》에서는 "그들은 체격이 크고 용감하며 밤낮없이 모여 노래하기를 좋아한다"고 했습니다.

이 내용을 종합해 보면 우리 민족은 '예의 바르고 유쾌한' 민족입니다. 그리고 그 민족성은 지금도 변하지 않고 흐르고 있습니다.

간혹 자조적인 말들을 듣곤 합니다. 우리나라가 하는 일이 다 그렇지, 우리나라 사람들이 하는 일이 다 그렇지…… 좋은 뉴스는 잠깐이고, 어둡고 절망적인 소식들을 매번 접하다 보니 그렇게 생각할 만도 합니다. 하지만 가능하면 우리 민족이 가진 좋은 점을 찾아보고 자부심을 갖는 마음의 습관이 필요하지 않을까요?

낙관은 힘이 셉니다.

77세
경리 할머니

목포의 어느 회사 사무실에 가면 경리 아가씨가 아니라 경리 할머니가 계십니다.

두어 평짜리 사무실에서 전자계산기 대신 주판을 이용해서 계산하고, 컴퓨터 대신 손으로 장부를 정리합니다.

77세의 경리 할머니는 50년 넘게 그 회사에서 근무했습니다.

직원 100여 명 중 최고령이고, 사주인 회장님보다 열아홉 살이나 많은 할머니 경리. 할머니가 입사할 때 대학생이던 회장님은 사석에서는 이 할머니에게 편하게 '아줌마'라고 부르고, 공적인 자리에서는 '이 여사님'이라고 부릅니다.

할머니는 1998년 외환 위기 때 회사 경영이 어렵게 되자 스스로

사표를 내기도 했습니다. 그러나 회장님은 "현금을 다루는 우리 회사에서는 꼼꼼하고 깨끗하게 일 처리하는 분이 꼭 필요하다"며 그 자리에서 사표를 되돌려줬다고 합니다.

외국에는 할머니 비서들, 할머니 경리들도 많다고 하지요.

'연세 드신 분이어서 안 된다'가 아니라 '연세 드신 분이니 된다'가 통하는 세상, 그런 아름다운 일터가 많아졌으면 좋겠습니다.

2장

골목을 지나는
사람들을 위해

당신 감각
최고야!

지인은 예쁘게 차려입고 약속 장소로 가기 위해 집을 나섰습니다. 길을 건너려고 건널목에 서 있는데 똑같은 옷을 입은 여자가 건너편에 보였습니다.

그럴 때 여자라면 보통 기분이 좋지 않습니다. 옷을 감추려들거나 빨리 그 자리를 피하려들거나 똑같은 옷을 입은 사람의 시선을 피하려고 합니다.

지인 역시 민망해서 괜히 고개를 돌리면서 길을 건넜습니다. 그런데 같은 옷을 입은 그 여자와 서로 교차되는 순간, 그녀가 활짝 미소를 지으면서 엄지손가락을 세워주는 겁니다. 마치 "이 옷을 고르다니 감각이 최고네요!"라는 뜻 같았습니다.

기분이 갑자기 좋아진 지인도 엄지손가락을 펴서 '최고' 표시를 하며 "아니, 당신이 더 최고야"라는 뜻으로 활짝 웃어주었습니다.

그렇게 같은 옷을 입은 두 여자는 서로 웃는 얼굴로 은밀하게 찬사를 보내며 지나갔습니다.

만일 민망해서 고개를 푹 숙이거나 외면하고 지나갔다면 그 옷은 다시는 입기 싫은 옷이 될 뻔했습니다. 그러나 같은 옷을 입은 사람이 "당신 패션 감각 최고야!"라고 해줬기 때문에 그녀는 그 옷을 더 즐겨 입을 수 있었습니다.

"당신 감각 최고야!" 하는 그 순간은 같은 옷을 입은 사람에게도, 자기 자신에게도 최고의 찬사를 보내는 순간입니다.

꽃보다
귀한 여인

언니가 하루는 단골 미용실에 갔습니다. 방배동의 오래된 상가 3층에 있는 작은 미용실이었습니다. 화병에 언제나 싱싱한 꽃이 한 다발 꽂혀 있어 유독 기분이 좋은 곳이었습니다.

연세 지긋한 원장에게 언니가 말을 건넸습니다.

"꽃 값을 많이 쓰시네요. 저야 예쁜 꽃을 보면 좋지만요."

언니의 말에 원장이 대답했습니다.

"제가 사는 거 아니에요. 손님이 선물해 준 거예요."

언니가 조금 놀란 목소리로 물었습니다.

"손님이요? 제가 올 때마다 꽃이 바뀌던데요?"

"네, 일주일에 한 번 싱싱한 꽃을 매번 선물해 주시네요. 말려도 30년 동안을 한결같이 그렇게 해오셨어요."

"30년 동안이나 매주 꽃을 선물한다고요?"

"네, 한 주도 빠지지 않고 그러세요. 꽃 값을 드리겠다고 해도 절대 받지 않아요. 커트나 파마 비용을 받지 않겠다고 해도 한사코 내고 가세요. 그럼 선물하는 의미가 없다나요."

30년 동안 단골 미용실에 매주 꽃을 선물하는 여인은 어떤 여인일까요?

근처에서 화원을 운영한다는 그 여인은 팔다 남은 꽃이 아니라, 가장 싱싱한 꽃을 미용실에 선물합니다. 미용실 원장이 이제는 그만하라고 하자 꽃집 여인이 이렇게 말했다고 합니다.

"제 머리를 예쁘게 해주셔서 정말 고마운데, 그 마음을 표현할 방법이 제게는 이것밖에 없어요. 그냥 받아주세요."

30년 동안 꽃을 바치는 일…… 사랑하는 연인에게도 하기 힘든 일입니다.

그 여인의 남편은 시인이라고 했습니다. 시 쓰는 일을 업으로 삼는 남편과 사느라 형편이 넉넉한 것도 아니었습니다. 그런데도 오랜 세월 변함없이 자신이 할 수 있는 방법을 찾아 고마움을 표현하는 여인……. 어느 꽃이 그 여인보다 아름다울 수 있을까요.

천재가 아님을
축하합니다

후배 드라마 작가가 어느 선배 작가에게 물었습니다.

"저는 왜 김수현 선생님처럼 드라마를 쓰지 못할까요?"

그러자 그 선배 작가가 이렇게 대답하더랍니다.

"전생부터 작가였던 사람하고 맞짱 뜨지 마."

'내가 천재라면 얼마나 좋을까?'

누구나 한 번쯤 천재를 부러워하고 동경해 보지 않았다고 하면 거짓말이겠지요. 그런데 만화가 이현세 씨의 이 말이 기억납니다.

"난 천재도 영재도 아니고, 단지 다른 사람들보다 엉덩이가 좀 무거운 편이오."

만화가 지망생이라면 누구나 천재라고 부러워하는 만화가 이현

세 씨는 새 학기가 되면 천재들과 싸워서 이기는 방법을 학생들에게 꼭 강의한다고 합니다. 그 방법은 절대로 천재들과 정면승부를 하지 말라는 것입니다.

천재를 만나면 먼저 보내주는 것이 상책입니다. 그러면 상처 입을 일이 없습니다. 천재들은 항상 먼저 가기 마련입니다. 세상살이를 시시하게 느낄 수도 있습니다. 그리고 어느 날 신의 벽을 만나게 됩니다. 인간이 절대로 넘을 수 없는 신의 벽을 만나면 천재는 좌절하고 방황하고 스스로를 파괴합니다.

그러나 천재가 아닌 사람은 천재를 먼저 보내놓고 꾸준히 걸어가야 합니다. 그러다 보면 어느 날 멈춰 있는 그 천재를 추월해서 지나가는 자신을 보게 될 것입니다.

이현세 씨는 산다는 것은 긴긴 세월에 걸친 장거리 승부지, 절대로 단거리가 아니라고 강조합니다. 만화가 이두호 씨 역시 항상 만화는 엉덩이로 그리라고 후배들에게 조언한다고 하지요.

집중력과 지구력! 그보다 더 중요한 것은 없습니다. 꾸준하게 열심히 하는 것! 그것을 이길 천재는 없습니다.

일본인 수학자 히로나카 헤이스케의 저서 《학문의 즐거움》에 이런 말이 있습니다.

어떤 문제에 부딪히면 나는 남보다 시간을 두세 배 더 투자할 각오를 한다. 그것이야말로 평범한 두뇌를 지닌 내가 할 수 있는 유일한 방법이다.

프랑스의 시인 구르몽_{Gourmont}도 이런 말을 남겼습니다.

지성은 우연이고 천재는 재앙이다!

천재가 재앙이라니 뜻밖의 말입니다. 그런데 우리나라의 어느 시인도 그의 말을 이렇게 받았습니다.

지성의 우연도, 천재의 재앙도 없는 내게 그래도 경험의 축복이 내려진 것은 얼마나 다행인가!

평범한 머리를 지닌 것은 축하해야 할 일입니다.
평범함이야말로 축복입니다.

골목을 지나는
사람들을 위해

참 선량한 남매를 알고 있습니다.

《남자의 밥상》의 저자이자 탈모 전문 의사인 방기호 원장과 그의 누나인 라끄르와 대표 방인희 씨. 그들은 타인의 아픔에 눈물 흘릴 줄 알고 타인의 불행에 가슴 아파할 줄 아는, 참 좋은 사람들입니다. 그들 남매가 어쩜 그리 선할까 했더니 다 이유가 있었습니다.

참 오붓하고 예쁜 동네 길목이 하나 있습니다. 인희 씨네 집이 있는 그 길목에는 작은 화분이 쪼르르 놓여 있습니다. 그 화분들은 인희 씨 아버지가 갖다 놓으셨습니다. 집 앞도 아닌데 그 길목에 화분을 가져다 놓은 이유를 인희 씨가 여쭤봤더니 이렇게 대답하시더랍니다.

"이 길을 지나다니는 사람들이 볼 거 아니냐."

나와 내 가족만 행복해지려는 게 아니라, 나 아닌 타인도 행복하도록 그 일을 한다고 하셨습니다.

인희 씨 아버지는 바쁘게 일하는 경영인입니다. 그런데 틈틈이 앞산으로 꿩 모이를 주러 다닙니다. 꿩들이 다른 새를 잡아먹을까 봐 부러 하는 일입니다.

아무도 몰라주는데, 그 일을 한다고 누가 표창을 주는 것도 아닌데 인희 씨 아버지는 쉬지 않고 화분을 손질하고, 쉬지 않고 산에 꿩 모이를 주러 다닙니다.

그런 아버지를 보면서 자란 남매는 또 그렇게 남들에게 베풀며 삽니다. 참 예쁜 가족을 생각하다가 문득 우리나라 중산층의 기준과 다른 나라 중산층 기준을 떠올려봅니다.

우리나라 중산층 기준은 이렇다고 합니다.

(직장인 대상 설문 조사 결과)

1. 부채 없이 30평 이상 아파트 소유

2. 월 급여 500만 원 이상

3. 2,000cc급 중형차 소유

4. 예금액 잔고 1억 원 이상 보유

5. 해외여행은 1년에 한 차례 이상 다님

그런데 프랑스의 중산층 기준을 보면 이렇다고 하지요.

(퐁피두 대통령이 〈삶의 질Qualite de vie〉에서 정한 기준)

1. 외국어를 하나 정도는 할 수 있음

2. 직접 즐기는 스포츠가 있음

3. 다룰 줄 아는 악기가 있음

4. 남들과는 다른 맛을 낼 수 있는 '나만의 요리'가 있음

5. 사회가 타락했을 때 '공분'에 의연히 참여함

6. 약자를 도우며 봉사활동을 꾸준히 함

그런가 하면 영국의 중산층 기준은 이렇습니다.

(옥스퍼드 대에서 제시한 기준)

1. 페어플레이(정당한 대결)를 함

2. 자신의 주장과 신념을 가짐

3. 독선적으로 행동하지 않음

4. 약자를 두둔하고 강자에 대응함

5. 불의·불평·불법에 의연히 대처함

미국의 중산층 기준은 이렇다고 합니다.

(공립학교에서 가르치는 기준)

1. 자신의 주장에 떳떳함

2. 사회적 약자를 도움

3. 부정과 불법에 저항함

4. 정기적으로 받아보는 비평지가 있음

우리나라와 다른 나라의 중산층 기준이 확연히 다릅니다. 우리나라는 언제부터 이렇게 모든 가치를 경제적인 가치로 환산해 왔을까요? 중산층이라는 말이 꼭 물질적 풍요를 지칭하는 말은 아닙니다. 그러나 보편적으로 중산층이라고 하면 삶의 여유와 행복을 누리는 가족을 연상합니다.

잘산다는 것, 그 기준이 예금 잔고나 부동산의 유무는 아닐 것입니다. 돈을 가졌다면 그 돈으로 얼마나 인생을 잘 누리며 사느냐, 그 돈으로 얼마나 사회에 갚으며 살고 있느냐, 그것이 척도가 되어야겠지요. '얼마나 가졌느냐'가 아니라 '어떻게 사느냐'가 중요하니까요.

돌아온
바바리코트

　대학 시절, 학교로 올라가는 골목에 비싼 브랜드 옷 매장이 두 군데 있었습니다. 학생 신분에 그 브랜드 옷을 사 입는 것은 불가능했기 때문에 늘 그냥 지나치곤 했습니다. 그런데 어느 날 발걸음을 멈추고 말았습니다. 쇼윈도에 걸린 바바리코트가 내 시선을 사로잡았습니다. 한참을 망설이다가 매장 안으로 들어갔습니다.

　"이거 얼마예요?"

　생각보다 훨씬 비쌌습니다. 도무지 살 수 없는 가격이라 그냥 매장을 나왔는데 잠이 오지 않았습니다. 이룰 수 없는 사랑을 하는 것처럼 그 옷이 아른거렸습니다. 그런 경험은 처음이었습니다.

　매장에 가서 다시 바바리코트를 만지작거리다가 발길을 돌려 학교로 향했습니다. 교문을 지나 터벅터벅 걸어가는데 게시판에 붙어 있는 아르바이트생 모집 공고가 눈에 들어왔습니다. 대형 슈퍼마켓 판촉일이었는데, 열흘 정도 하면 목돈을 모을 수 있을 것 같았습니다.

바바리코트를 사기 위해 그 아르바이트를 시작했습니다. 생각보다 훨씬 힘든 일이었지만 바바리코트 입은 모습을 상상하며 열심히 일했습니다. 그리고 드디어 그 코트를 살 수 있었지요. 코트를 품에 안고 얼마나 기뻐했는지 모릅니다.

그렇게 어렵게 내 품에 온 코트여서 그랬을까요. 사놓고 거의 모시다시피 했습니다. 아주 중요한 일이 아니면 입고 나가지 않았고, 언니가 빌려달라고 해도 절대 빌려주지 않았습니다. 다른 옷은 다 빌려줘도 그 옷은 안 된다고 했습니다. 언니가 몰래 그 옷을 입고 나갔다 오는 바람에 크게 다툰 적도 있었습니다.

그러던 어느 날이었습니다. 밤늦게 집에 오면서 택시를 탔습니다. 날씨가 따뜻해져서 코트를 벗어 팔에 끼고 있었는데, 택시에서 내릴 때 문을 닫다가 코트가 문에 끼고 말았습니다. 택시가 출발하자 코트는 택시 문에 낀 채 눈 깜짝할 사이에 멀어져갔습니다. 마치 커다란 새가 훨훨 날아가는 것 같았습니다.

"세워주세요! 세워주세요!"

팔을 마구 휘지으며 택시를 뒤쫓아가봤시만 역부족이었습니다. 그토록 아끼던 바바리코트는 한순간 허망하게 사라져버렸습니다.

애인이 떠난 것처럼 허전했습니다. 어떻게 그처럼 허무하게 잃어버릴 수 있는지 믿을 수 없었습니다.

터덜터덜 허탈한 발걸음을 옮기며 집으로 돌아오는데 하늘이 그 옷에 집착한 마음, 그 옷을 욕심낸 마음을 꾸짖는 듯했습니다. 형편에 맞지 않는 옷을 탐냈고, 그 옷을 가진 후에도 지나치게 집착했습니다. 그 마음이 벌을 받은 것 같았습니다.

집으로 들어서자 언니가 물었습니다.

"어? 너 코트 입고 나가지 않았어?"

잃어버렸다는 말도 못했습니다. 대충 둘러대고 말았습니다.

다음 날 학교에 가려고 집을 나서서 버스 정류장으로 걸어가는데, 동네 파출소 앞 유리창에 하얀 종이 하나가 붙어 있었습니다.

어젯밤 10시경에 택시에 코트 두고 내리신 분 찾아가세요.

어젯밤 10시경? 반가운 마음에 얼른 파출소에 들어갔습니다.

"저…… 어제 택시에 코트 놓고 내린 사람인데요."

순경 아저씨가 몇 가지 신원과 상황을 확인한 후에 그 코트를 내게 돌려줬습니다. 나는 코트를 가슴에 꼭 품었습니다. 차갑게 떠나버렸던 애인이 내 품에 돌아온 듯했습니다.

택시 기사는 내가 내린 곳에서 가장 가까운 파출소에 그 코트를 갖다 놓았습니다. 일부러 택시를 몰고 다시 와서 코트를 돌려주기가 쉬운 일은 아니었을 겁니다. 그런데도 먼 길을 달려와 코트를 돌려준 기사님이 정말 고마웠습니다. 기사님이 남긴 연락처로 전화를 걸었더니 택시 회사였습니다. 몇 번의 통화 시도 끝에 기사님과 겨우 통화를 할 수 있었습니다. 정말 감사하다는 인사를 했더니 기사님이 말했습니다.

"제 딸이 그 코트를 보고 아주 비싼 거라고 하더라고요. 잃어버린 분은 얼마나 애가 탈까 싶어서 근처 파출소에 갖다 맡겼어요."

나는 조금이라도 사례를 하려고 주소를 불러달라고 했습니다. 그러나 기사님은 한사코 사양하시며 당연한 일을 했을 뿐이라고 했습니다. 그래도 그냥 넘길 수 없어 회사로 작은 선물을 보냈는데, 그 코트 값의 수만 배 이상의 행복이 가슴을 채웠습니다.

택시 문에 끼어 자국이 난 부분은 세탁소에서 수선해서 그 후로도 그 코트를 아주 오랫동안 입고 다녔습니다. 아니, 저보다 언니가 더 자주 입고 다녔습니다. 언제든 빌려 입으라고 했더니 거의 매일 입고 다녔습니다. 내 코트가 아니라 언니 코트가 되어버렸지만 그래도 좋았습니다.

이 세상에는 참 좋은 사람들이 많다는 사실을 알았기 때문입니다.

연민의
당신

젊은 시절, 남자는 참 열심히 일했습니다. 그러다가 어느 날 갑자기 회사에서 내몰림을 당했습니다. 집에 차마 그 사실을 말할 수 없었습니다. 늦게 결혼해서 아이 두 명이 아직도 고등학생인데, 어떻게 해야 할지 막막했습니다.

직장을 알아봤지만 나이 많은 사람을 받아주는 곳이 없었습니다. 평소의 그 많던 인맥이 다 허망하게 스러졌습니다.

출근하는 척도 하루 이틀이었습니다. 이제 아내에게 털어놓자 싶어 말을 하려는데 아내가 친구 남편 이야기에 열을 올렸습니다.

"미진이 남편 말이야, 이번에 다른 회사로 스카우트됐대. 연봉이 두 배나 오를 거래. 어쩜 그렇게 잘나가냐."

차마 이야기를 못 꺼낸 남자는 어깨가 더 내려갔습니다.

그러던 어느 날 아내가 휴대전화로 문자를 보내왔습니다.

"여보, 친구들과 당신 회사 근처에 와 있는데 잠깐 나와서 점심 쏘고 들어가요."

남자는 하필 그 시간에 다른 직장 면접을 보느라 휴대전화를 꺼둔 상태였습니다. 아내는 회사로 직접 전화를 걸었습니다. 그리고…… 이미 석 달 전에 퇴사했다는 이야기를 들었습니다. 아내의 얼굴에서 핏기가 사라졌습니다.

"어떻게 나한테 말도 하지 않고, 회사를 그만둘 수가 있어?"

울면서 따지는 아내 앞에서 남자는 그저 고개를 푹 숙이고 있을 뿐, 할 말이 없었습니다.

집 안에 냉랭한 기운이 감돌았습니다. 남자는 "곧 다른 직장 구할 테니 걱정 마"라고 말했지만 뜻대로 되지 않았습니다. 시간이 흐를수록 경제 사정이 악화되어 가자, 아내는 남편을 원망했습니다.

"가장이 뭐 하는 거야? 이러고도 당신이 가장이야?"

남자는 '가장 노릇도 못 하는 남자'에서 벗어나기 위해 급하게 주식에 투자했다가 그나마 있던 퇴직금까지 다 날려버렸습니다.

남자에게 아내가 말했습니다.

"더 이상 못 견디겠어. 이혼해."

가족을 위해 열심히 일했는데…… 내 꿈은 버리고 그저 노예처럼 일해왔는데…… 인생이, 세월이, 사랑이 서럽고 허망했습니다.

남자는 가족을 위해 이혼을 결심했습니다. 이혼 서류에 도장을 찍고 짐을 꾸려 집을 나섰습니다. 찬바람이 얼굴을 쓸고 가자 눈물이 흘렀습니다. 남자는 차가운 담벼락에 기대 그렇게 한참을 울었습니다.

아내가 아침에 일어나 보니 남편이 이혼 서류를 식탁에 올려놓고 집을 나가고 없었습니다. 남편이 없는 집…… 아무렇지도 않을 거라 생각했습니다. 싸움이나 짜증도 없고 평화로울 거라고 생각했습니다. 그러나 남편이 나가자 집 전체가 텅 빈 듯했습니다. 아이들은 밥도 안 먹고 학교에 가고, 아내 혼자 식탁에서 밥을 먹었습니다.

아이들이 학교에서 문제를 일으키기 시작했습니다. 아내는 누구에게도 의논할 수 없었습니다. 허공을 보고 물었습니다.

"여보, 이럴 때는 어떡해야 해?"

학교 폭력에 가담한 아들을 붙잡고 아내가 눈물로 호소했습니다.

"너까지 왜 그래? 엄마 죽는 꼴을 봐야겠어?"

그러자 아들이 엄마에게 말했습니다.

"아빠 버린 것처럼 나도 버리면 되잖아요. 아빠가 돈 못 버니까 필요 없는 것처럼 나도 돈 못 버니까 쓸모없는 사람이겠네요. 나도 내다 버리세요.”

아내 가슴에 쿵 하니 못이 박혔습니다. 아들은 계속 말했습니다.

“할머니, 할아버지도 돈 못 벌면 쓸모없는 거니까, 돈 못 버는 사람은 가족도 아니니까 다 버리세요. 엄마는 돈 버는 사람을 좋아하니까, 그 사람들 데려다가 가족 만드세요. 그럼 되겠네요!”

아내는 그 자리에 주르륵 무너져 내렸습니다.

결국 아내는 남편을 찾아가 애원했습니다.

“돌아와줘, 여보. 나 혼자서는 애들 감당 못 하겠어. 당신이 도와줘. 우리 가족에게 돌아와줘.”

남편을 붙잡고 아내는 빌고 또 빌었습니다.

아내는 나의 지인입니다. 그녀가 부끄러움을 무릅쓰고 나에게 해준 이야기입니다.

그녀의 남편은 겨우 50대 중반의 나이에 갑자기 퇴직을 당했습니다. 대기업은 퇴직하는 나이가 더 빠릅니다. 방송사도 58세가 되면 퇴직해야 합니다. 요즘 50대 중반이면 참 젊은 나이인데도 노인 취급을 당합니다.

직장에서 퇴직하면 집에서는 어떤가요? 퇴직한 남자는 집에서도 외롭고 서글퍼집니다. 계속 승승장구하는 사람도 있으니 더 자신의 처지가 위축됩니다. 그러다 보니 승승장구가 아니라 실실장구, 잃고 잃고 또 잃어버리는 신세로 전락합니다.

그럴 때 가족은 어떤 의미가 되어주고 있을까요? 혹시 가족을 경제적인 가치로만 판단하고 있지는 않은지요. 돈 많이 버는 사람은 가장 역할을 잘하는 것이고 돈 못 버는 사람은 가장 역할을 못하는 것일까요? 가장은 죽을 때까지 돈을 벌어야 하는 사람인가요?

사람은, 특히 가족 사이에는 경제적인 가치로만 그 사람을 판단해서는 안 됩니다. 아이의 아버지로 그 사람은 훌륭합니다. 아이의 어머니로 그 사람은 필요합니다. 내 곁을 채워주고 나를 품에 안아주는 것은 돈이 아닌 사랑입니다.

잘나갈 때는 얄미운 당신, 고개 숙일 때는 연민의 당신, 남자 중에는 얄미운 당신과 연민의 당신이 있습니다. 당당하고 얄밉던 당신이 어느 날 쓸쓸해 보일 때, 그때는 연민으로 그 사람을 안아주세요.

귀여운
여인

사람 인연이 참 신비롭습니다.

혜경 언니는 어릴 때 우리 옆집에서 자랐습니다. 우리 자매들과
는 담요로 막을 만들어 여닫으며 연극도 하고, 소꿉놀이도 하고, 바
닷가에서 뛰놀기도 하면서 늘 어울려 놀았습니다. 그러다가 초등
학교 졸업을 앞두고 혜경 언니가 서울로 이사 갔고, 우리는 그렇게
헤어졌습니다.

그 후로 세월이 참 많이도 흘러갔지요. 드라마 작가가 되어 아침
드라마를 쓰던 어느 날 한 통의 전화를 받았습니다.

"정림이니? 나 혜경 언니야. 기억나니?"

나는 혜경 언니의 목소리를 듣는 순간 바로 기억이 났습니다. 다
른 사람보다 반 옥타브 정도 올라간 목소리 톤이 어릴 때와 똑같았
습니다.

"언니, 당연히 기억나죠! 제 전화번호 어떻게 아셨어요?"

내 물음에 뜻밖의 대답이 들려왔습니다.

"너희 드라마 조연출한테 네 연락처 물어봤어."

"언니가 우리 드라마 조연출을 어떻게 알아요?"

긴 갈래머리 소녀 혜경 언니는, 배우 정태우의 엄마가 되어 있었습니다. 그 당시 언니는 단종 역을 맡아 드라마에 출연 중인 아역 배우 태우를 데리고 방송사에 왔다 갔다 하고 있었습니다.

그러던 어느 날 태우가 대본 연습을 하는 동안 그 옆의 빈 연습실에서 기다리던 혜경 언니는 탁자 위에 놓인 대본 하나를 보게 되었습니다. 당시 KBS에서 하던 'TV 소설' 드라마 대본이었습니다. 대본 표지에 '극본 : 송정림'이라고 씌어 있었지요.

송정림…… 송정림…… 송정림? 혜경 언니는 깜짝 놀랐습니다. 흔한 이름이 아닌 데다가 어릴 적 꼬마 정림이가 극본을 써서 같이 연극하며 놀던 일도 생각났습니다. 어쩐지 작가가 될 것 같았는데, 정말 그 아이가 작가가 된 것일까? 혜경 언니는 궁금한 나머지 조연출에게 전화를 해서 물었습니다.

"혹시 송정림 작가님이 제주도 분이세요?"

조연출이 맞다고 내답하자 혜경 언니는 다짜고짜 내 연락처를 물었다고 합니다.

우리는 방송사 로비에서 만나 손을 잡고 팔짝팔짝 뛰었습니다.

"난 네가 작가가 될 줄 알았어, 정림아."

"난 언니가 배우가 될 줄 알았는데…… 배우 엄마가 됐네?"

고향에서 함께 놀던 어린 시절 이야기를 나누다 보니 반나절이 어떻게 흘러가는지 모르게 시간이 갔습니다.

인연이란 참 신비롭습니다. 그 후 우리는 한 동네에 같이 살게 되었습니다. 어릴 적에 앞뒷집에 살던 사이가 30년이 흐른 후에 다시 같은 동네에 살게 된 것이지요.

내가 여의도에서 일산으로 이사하는 날, 혜경 언니는 따뜻한 밥을 지어 국과 몇 가지 반찬을 함께 챙겨서 집으로 들고 왔습니다. 짜장면이나 시켜 먹을까 했는데, 혜경 언니의 밥으로 맛있는 식사를 할 수 있었습니다. 혜경 언니는 이 집에서 글 많이 쓰라며 작가에게 가장 필요한 책장을 선물했습니다. 작업실에 들어갈 때마다 언니의 격려가 들리는 듯합니다.

"어렸을 때부터 넌 극본을 써서 우리를 울렸잖아. 네 드라마가 우리나라 사람들 가슴을 모두 울리는 그날이 꼭 올 거야."

혜경 언니는 끼가 넘치는 사람입니다. 나는 어릴 적에 혜경 언니가 배우가 될 거라고 생각했습니다. 그러나 혜경 언니는 속에 들어 있는 온갖 열정과 끼를 꼭꼭 누르고 가족을 위해 삽니다.

그러느라 가슴속에 고추장 열 말쯤 담그고 사는 여인, 잠깐 밖에서 만나면서도 보온병에 따뜻한 차를 끓여 담아오고, 찐 고구마와 먹을 것을 잔뜩 싸서 나타나는 여인, 코스모스 피면 아이처럼 어디론가 떠나고 싶어 하는 여인, 자동차 창문 닫지 말고 자연의 바람을 느껴보라는 여인, 여름에는 야생화 보러 곰배령에 가는 여인, 하늘거리는 스카프 매고 또 어디론가 떠날 여인…… 귀여운 여인 혜경 언니.

혜경 언니는 내가 전화를 받지 않아도, 괜찮다 괜찮다 해줍니다. 약속했다가 어겨도 괜찮다 괜찮다 해줍니다. 바쁜 게 좋다고, 글 쓰는 게 좋다고 고개 끄덕여줍니다.

혜경 언니에게 나는 언제쯤 참 좋은 당신이 되어줄 수 있을까요.

아들의
손버릇

일곱 살 철수는 심부름만 갔다 오면 엄마에게 혼이 났습니다.

농사지으랴, 올망졸망한 5남매를 키우랴, 늘 일손이 모자란 어머니는 언제나 막내 철수에게 심부름을 시켰습니다.

"찐빵 사오너라."

"콩나물 사오너라."

그런데 철수는 찐빵이나 콩나물을 언제나 절반만 사왔습니다. 어머니는 철수를 혼냈습니다.

"너 또 과자 사먹었지! 언제 그 버릇 고칠래, 응?"

어느 날인가는 회초리를 든 적도 있습니다. 그럼에도 그 버릇을 고치지 못했습니다. 화가 난 어머니는 가게에 전화를 걸어 말했습니다.

"우리 애가 가면 사탕 같은 것 주지 말아요."

그런데 가게 주인이 "사탕 같은 건 산 적이 없다"고 말했습니다.

아무래도 이상해서 어머니는 어느 날 철수를 뒤따라가 봤습니다. 가게에서 나온 철수는 집으로 곧장 가지 않고 가게 옆 공터로 걸어 갔습니다. 어머니는 철수가 어디를 가나 궁금해하며 조용히 뒤따라갔습니다.

철수는 공터 한 귀퉁이에 있는 허름한 비닐하우스로 가더니 그곳에 사는 할아버지에게 봉지 안에 있는 것을 한 움큼 집어 덜어주었습니다. 할아버지는 "아이쿠, 오늘도 왔냐?" 하며 철수를 반겼습니다.

어머니는 그 광경을 보고 말없이 돌아왔습니다. 그리고 다음 날 철수에게 또 심부름을 시켰습니다. 이번에는 두 배의 돈을 주며 말했습니다.

"하나는 비닐하우스 할아버지 드리고 와라."

오래 살아야 하는
이유

"나 오래오래 살고 싶어."

이런 소망을 가진 사람이 참 많지요. 그런데 오래 살고 싶다는 이유는 참 여러 가지입니다. 젊을 때 고생했으니 오래 살면서 호강하고 싶은 사람도 있고, 사랑하는 가족과 오래오래 살고 싶은 사람도 있습니다. 가보지 않은 곳이 많아서 여행을 더 하고 싶은 사람도 있고, 좋은 사람들을 더 많이 만나고 싶은 사람도 있습니다.

한 선배는 여든 중반에 들어선 시어머니가 습관처럼 보약을 지어 드시는 것을 보며 그 연세에 그렇게 오래 살고 싶으실까 궁금했다고 합니다. 그러던 어느 날 우연히 텔레비전을 보다가 어느 할머니의 인터뷰를 보았습니다.

91세의 할머니는 소원이 무엇이냐는 물음에 이렇게 말했습니다.

"남들이 들으면 욕하겠지만 오래오래 사는 게 제 소원이에요."

리포터가 "왜 그렇게 오래 살고 싶으세요?" 하고 묻자 할머니가 대답했습니다.

"오래 살아야 내 딸을 돌보거든요."

노환에 몸을 가누기도 여의치 않은 그 할머니는 일흔이 넘은 딸을 돌보며 살았습니다. 할머니가 돌보는 딸은 두 다리를 제대로 쓰지 못하는 중중 성장 장애인이었습니다. 다른 사람의 부축이나 보조 장비 없이는 걸음조차 어려운 데다 언어능력이 부족해서 말도 제대로 하지 못했습니다. 할머니는 이 딸이 일흔 살이 넘도록 평생을 함께해 왔습니다. 화장실을 갈 때도, 얼굴과 몸을 씻겨줄 때도 항상 함께했습니다.

할머니는 아흔이 넘은 나이인지라 건강이 나빠져 점점 딸을 돌보기가 힘에 부친다고 했습니다.

할머니는 이렇게 말했습니다.

"내가 딸보다 먼저 죽으면 누가 이 딸을 보살펴주겠습니까? 내가 더 오래 살아야 하는 이유는 단 한 가지, 그것뿐입니다."

오래 살아야 하는 이유가 '나 아니면 밥도 못 먹는 딸을 보살펴야 하기 때문'이라는 할머니. 이렇게 절실한 이유가 또 있을까요?

선배는 문득 시어머니 생각이 났습니다. "나 오래 살아야 한다"며 보약을 부지런히 드시는 시어머니……. 그제야 시어머니 마음이 짐작이 되었습니다. 시어머니한테도 숙제가 남아 있는 것입니다. 가장 역할 못 하는 아들이 기반을 잡고 단단히 살아가는 모습을 봐야 하고, 생활 전선에 뛰어들어 종일 일하는 딸이 안정을 찾는 모습도 보고 싶으실 것입니다. 그때까지는 어떻게든 살아서 김치라도 담가 가져다줘야 하고 손주들이라도 보살펴야 하는 것입니다.

그렇게 세상의 어머니에게는 오래 살아야 하는 이유가 저마다 존재합니다.

신이 도처에서 한 명 한 명 보살필 수가 없어서 우리에게 천사를 보내주었습니다. 그 천사를 우리는 '어머니'라고 부릅니다.

덕 쌓는
일

　예전에 살던 여의도 아파트 앞에 포장마차가 있었습니다. 포장마
차에 가면 할머니가 혼자서 붕어빵도 팔고 어묵도 팔았습니다.
　붕어빵을 사러 가면 할머니는 "그 집 아들 이제 그만 좀 크라고
해!" 하며 농담도 하고, "왜 그렇게 얼굴빛이 안 좋아? 무리하지 마.
건강이 최고여" 하는 충고도 합니다.

　할머니의 자식들은 다 훌륭하게 자랐습니다. 딸은 고등학교 음악
교사로 재직하고 있고 아들은 탄탄한 중소기업의 과장입니다.
　"자식들이 엄마 고생한다고 뭐라고 안 해요?"
　내가 묻자 할머니가 대답했습니다.
　"그렇지 않아도 딸이 막 뭐라고 해."
　"그런데 왜 이 일을 하세요? 자식들이 걱정하잖아요."

"우리 딸과 아들한테도 내가 그랬어. 여기 와서 붕어빵을 사가는 사람들의 얼굴을 보면 니들이 그런 소리 하지 않을 거라고. 추운 사람들이 길 가다 들어와서 '야, 어묵 국물 시원하다' 이러면서 먹을 때 표정을 보면 그런 소리 하지 않을 거라고."

어느 날 할머니의 딸이 포장마차에 불쑥 들어섰습니다. 때마침 할머니가 말한 광경이 펼쳐지고 있었습니다.

"아, 어묵 국물 시원하다! 할머니, 이거 먹고 내가 기운 내요. 어쩌면 이렇게 국물을 시원하게 우려내세요?"

할머니는 딸에게 들으라는 듯 큰 소리로 대답했습니다.

"내가 집에서 밤새도록 무랑 멸치랑 넣고 푹 우려낸 국물이라우. 많이 드시고, 기운 내서 살아야지."

아버지가 좋아하는 붕어빵을 사러온 아줌마의 얼굴이 행복해지는 것도, 어묵을 먹고 학원으로 뛰어가는 학생들의 얼굴이 행복해지는 것도 딸은 모두 지켜보았습니다.

딸이 말했습니다.

"우리 엄마 천당 가시겠네."

할머니가 대답했습니다.

"그럼! 난 일하는 게 아니야. 덕을 쌓는 거지."

할머니는 딸에게 다시 한 번 너스레를 떨었습니다.

"너만 전문가가 아니여. 나도 전문가여. 어묵 국물 전문가!"

"그래, 엄마가 전문가다. 완전 프로다, 우리 엄마!"

그 후 할머니가 나한테 자랑을 했습니다.

"우리 딸이 내가 자랑스럽대. '어묵 파는 포장마차 할마씨가 뭐가 자랑스럽냐?' 했더니 존경한대. 엄마를 닮은 딸이 되고 싶대."

흐흐흐 자꾸만 웃는 할머니를 따라 나도 행복하게 웃었습니다.

변장한
소년 천사

대학에 교수로 재직 중인 형부는 매일 전철을 타고 혜화역에 내립니다.

형부가 나가는 전철역 출구에는 언제나 중년의 걸인이 앉아 있습니다. 한겨울이던 그날도 그 걸인이 추위에 떨며 잔뜩 웅크리고 있었습니다. 그런데 그 앞에서 초등학교 저학년으로 보이는 남자아이가 계속 그를 지켜보고 있었습니다. 사람들이 수없이 아이의 어깨를 치고 갔습니다. 아이는 이리저리 피하면서도 계속 그 걸인을 지켜보았습니다.

그 아이가 신기해서 형부 역시 잠시 발걸음을 멈추고 '왜 저러나' 하며 아이를 관찰했습니다. 그렇게 한참을 있더니 아이가 계단을 걸어 올라갔습니다. 그런데 발걸음이 떨어지지 않는지 자꾸만 뒤

돌아보았습니다. 형부는 아이를 쫓아가 물었습니다.

"왜 그렇게 그 아저씨 봤어? 불쌍해서 봤어?"

아이가 대답했습니다.

"추운데요, 그 아저씨 앞에 돈이 하나도 없어서요."

아이가 고개를 숙이고 계속 말했습니다.

"누가 그 아저씨한테 돈을 주나 안 주나 봤어요. 제가 돈이 하나도 없어서요."

빈 주머니를 만지작거리며 누군가 다른 사람이라도 그 아저씨를 돕기를 바라면서 한참을 지켜본 아이…….

아이의 뒤를 따라 걸어가며 형부는 성호를 그었습니다.

연구실에 들어서니 벽에 걸린 액자의 문구가 문득 눈에 들어왔습니다. 파리의 고서점에 붙어 있는 글귀입니다.

낯선 사람에게 함부로 대하지 마세요. 그들은 변장한 천사일 수도 있으니까요.

우리나라
최고의 가수

대학생 아들이 어느 날 갑자기 말했습니다.

"우리나라 최고의 가수를 발견했어요."

그게 누구냐고 물었더니 아들이 지체 없이 대답했습니다.

"단언컨대, 우리나라 최고의 가수는 최백호예요."

나는 갑자기 웃음이 터졌습니다. 우리 세대나 알 법한 가수 이름이 뜻밖에 대학생 아들 입에서 튀어나왔기 때문입니다.

"너 어떻게 최백호를 아니?"

아들은 인터넷에서 우연히 최백호의 노래를 접하게 되었고, 그의 목소리에, 창법에 반해버렸다고 했습니다.

아들은 〈낭만에 대하여〉를 흥얼거리면서 "이 노래는 진짜 최고의 명곡이야"라고 했습니다.

나는 최백호의 〈그쟈〉와 〈내 마음 갈 곳을 잃어〉를 인터넷에서

찾아 아들에게 들려줬습니다. 아들은 감탄사를 연발했습니다.

"이런 가수가 우리나라에 있다는 게 진짜 행복해요!"

내친김에 함께 간 노래방에서 아들은 〈낭만에 대하여〉를 구성지게 뽑아냈습니다.

나는 2PM의 〈죽어도 못 보내〉를 열창했습니다.

노래는, 감동은, 느낌은 세대를 뛰어넘는 것입니다.

노래는 속달로 가슴에 전달하는 감동의 우체부입니다.

문득 가수들이 부러웠습니다.

사람 마음을 들었다 놨다 하는 그들은 복 받은 사람들입니다.

복 받아 마땅한 사람들입니다.

목숨 걸고
해야 하는 일

　초등학교 1학년 때 홍역을 앓았던 한 달을 빼고는 초등학교, 중학교, 고등학교, 대학교 전 학년 개근을 했습니다. 대학교 때에도 중요한 행사에 참여하느라 강의를 딱 한 시간 빠진 것 말고는 단 한 번도 강의를 빼먹은 적 없습니다. 결석은 죄를 짓는 것과 같다고 여겼기 때문입니다.

　나는 일곱 살에 초등학교에 들어갔는데 입학하고 얼마 되지 않아 지독한 홍역을 앓았습니다. 고열의 후유증으로 눈이 멀 뻔한 적도 있습니다. 몇 번의 수술과 치료 끝에 눈이 좋아졌다는 의사의 진단이 있었습니다.

　퇴원해서 통원 치료를 해야 했는데, 그 기간 중에 아버지는 눈에 안대를 한 나를 학교에 데리고 다녔습니다. 그때 어머니와 아버지는 말다툼을 하셨습니다.

"좀 더 쉬게 하지 왜 학교에 데려가세요?"

그러나 아버지는 완강하셨습니다. 죽지 않을 정도면 학교에 나가야 한다고 하셨습니다. 아니, 목숨을 걸고서라도 학교에는 가야 한다고 하셨습니다.

그 후 얼마 동안은 아버지의 오토바이 뒤에 타고 학교에 갔습니다. 아버지의 등에 꼭 붙어서 학교에 갔던 그때의 기억은 아직도 선명하게 남아 있습니다.

사실 아버지는 언제나 엄격하고 위엄이 흘렀기 때문에 그때처럼 가까이 있어본 적이 없었습니다. 아버지는 우리한테 목소리를 높이시거나 혼을 내신 적도 별로 없지만 이상하게 늘 어렵고 무서웠습니다.

그래서 어머니와 같이 병원 가는 날은 조금만 아파도 비명을 질러대며 엄살을 떨었지만, 아버지와 같이 병원에 가는 날은 아무리 아파도 비명 한 번 지르지 못했습니다. 아버지와 팔짱 끼고 가는 아이가 부러웠던 적도 많았습니다. 어떻게 아버지와 저렇게 친하게 지낼 수 있는지 신기하기까지 했습니다.

그런데 아픈 딸을 학교에 데려가는 아버지는 한없이 부드럽고 따뜻한 아버지였습니다. 그때 아버지의 따뜻한 등에 원 없이 기댈 수 있었습니다. 지금도 아버지를 생각하면 가장 먼저 든든하고 넓고 따뜻한 아버지의 등이 떠오릅니다.

눈에 안대를 해서 칠판이 제대로 보이지 않아 선생님의 수업을 귀로만 들어야 했지만 나는 부지런히 학교에 다녔습니다.

"몸을 움직일 수 있는 한 결석하지 마라."

아버지의 이 가르침은 선명히 가슴에 남았습니다.

그날 이후 나는 단 한 번도, 그 어떤 일로도 결석을 한 적이 없습니다. 독감에 걸려 콜록거리면서도 학교에 갔고, 아픈 배를 감싸 쥐고도 학교에 갔습니다. 대학 시절 강의를 딱 한 번 빼먹은 것도 죄짓는 것처럼 마음이 불편했습니다.

나의 아버지와 비슷한 아버지의 이야기를 접한 적 있습니다.

어느 학자의 아버지 이야기였습니다. 산골에 살았던 그는 어느 날 비가 너무 많이 와 개울물이 불어나는 바람에 학교에 갈 수 없었다고 합니다. 그래서 학교에 못 가겠다고 했더니, 아버지가 등에 업어서 개울물을 건너게 해주더랍니다. 그때 아버지는 딱 한마디를 하셨다고 합니다.

"배움은 목숨을 걸어서라도 할 만한 것이란다."

아버지는 그가 어렸을 때 돌아가셨지만 그날의 기억이 선명하게 남아 있었기에 지금 그는 활발한 학술 활동을 펼치고 있는 학자가 되었습니다.

공부를 하는 것은 인간에게 부여된 하나의 의무이자 권리입니다. 이것은 목숨 걸고 지킬 만한 가치이며, 목숨 걸고 이룰 만한 기쁨입니다.

학생이 학교에 간다는 것은 하나의 약속입니다. 약속은 목숨 걸고 지킬 만한 가치가 있는 것입니다. 이 사실을 나는 아버지에게서 배웠습니다.

운이
좋았어요

　박진숙 선생님이 극본을 쓰신 연극에 초대받아 기쁜 마음으로 달려갔습니다. 연극이 끝나고 그날 초대받은 작가들, 배우들, 연출가들이 대학로에 모여 맥주를 마셨습니다.

　그때 그 분위기에 전혀 어울리지 않는 한 사람이 눈에 들어왔습니다. 그는 배우 최란 씨와 같은 고향 사람이라서 그냥 한번 왔다고 하면서 쑥스러운 말투로 "저는 오늘 세상에 태어나서 처음 연극을 봤습니다"라고 말했습니다.

　쉰이 넘은 것 같은데 연극을 처음 보다니, 믿을 수 없었습니다.

　"뭐 하는 분이세요?" 하고 물으니 "그냥 작은 구멍가게 하나 합니다"라고 했습니다.

　그는 그날 연극을 처음 봤지만 크게 감동받았다며 연극표를 수십

장 샀습니다. 그리고 우리가 먹은 술값을 계산하고는 유유히 사라졌습니다.

한 달쯤 지나, 그분이 그날 만난 작가 몇 명을 초대했습니다. 알고 봤더니 그는 구멍가게가 아닌 우리나라에서 손꼽힐 정도로 튼실한 IT 회사를 경영하는 남재국 사장이었습니다.

작가들과 문학 분야 교수들이 모였으니 문학과 철학과 연극 공연 이야기들이 오갔습니다. 그는 그저 우리가 나누는 이야기를 경청하기만 했습니다. 그러다가도 간혹 툭툭 던지는 말 사이에 그가 엄청난 독서량을 갖고 있다는 사실을 알게 되었습니다. 내 책도 거의 빼놓지 않고 읽었다고 했습니다.

IT 회사 대표의 이미지와는 전혀 어울리지 않는 어눌한 말투, 지나치게 순박한 외모, 쉰이 넘은 나이에 처음 연극 공연을 봤다는데 거의 안 읽은 책이 없는 독서광. 어떻게 살아온 분일까, 그의 인생 궤적이 궁금했습니다.

우연히 개인적으로 만날 기회가 생겼을 때 물었습니다.

"어떻게 그때까지 연극을 한 편도 못 보고 사셨어요?"

그는 쿡쿡 웃어가며 개구쟁이 아이처럼 말했습니다.

"제가 학교를 초등학교만 졸업하고 바로 생활 전선에 뛰어들었거든요."

괜한 말을 물었다 싶었습니다.

그러나 그는 아무렇지도 않게 말했습니다.

"아이스케키 장사도 하고, 빵 장사도 하고, 안 해본 일이 없어요. 그때 어른들한테 많이 얻어맞기도 했지요."

아픈 기억일 텐데 그는 유쾌한 표정으로 말했습니다.

"뭐 그냥…… 그렇게 살았어요. 그러다가 어느 날 숙직실에 누가 버리고 간 책이 뒹굴고 있길래 봤더니 아인슈타인 전기였어요. 그 책을 다 읽고 나니까 그 뭐냐…… 노벨상 한번 받아보고 싶더라고요. 발명상 있잖아요. 그런데 발명상 받으려면 서울대는 가야겠다 싶었어요. 그래서 죽어라 공부했어요."

책상도 없어서 방바닥에 책을 펴놓고 꿇어앉아 공부했는데, 너무 오래 그 자세로 앉아 공부를 하는 바람에 무릎뼈가 상할 정도였습니다. 중·고등학교 졸업장이 없었기 때문에 검정고시로 중졸, 고졸 자격을 취득하고 드디어 서울대 물리학과에 도전했습니다. 결과는 낙방이었습니다.

그렇다고 주저앉지 않았습니다. 다시 공부해서 도전했고, 다음 해에 한양대 물리학과에 당당히 합격했습니다.

그는 학교에 다니면서도 일은 하러 다녀야 했습니다. 학비뿐 아니라 생활비도 스스로 벌어야 했습니다.

그렇게 공부했고, 대학을 졸업하고 나서는 서울대 물리학과 대학원에 도전했습니다. 그리고 합격했습니다. 대학원을 졸업한 뒤에는 대기업에 입사했습니다. 회사를 다니면서 그는 한 가지 사실을 깨달았습니다.

'중·고등학교 학연이 절대적으로 필요하구나.'

중학교와 고등학교를 건너뛴 학력으로 대기업 생활을 버티기가 쉽지 않았습니다. 그는 결국 이런저런 횡포에 밀려 회사에서 나와야 했습니다.

하지만 그는 절망하지 않고 IT 업계에 뛰어들었습니다. 그리고 지금의 튼실한 중소기업을 일궈냈습니다.

그동안 어떤 고생을 했을지, 얼마나 큰 고난의 언덕들을 넘어야 했을지 더 듣지 않아도 짐작할 수 있었습니다. 그러나 그는 그저 웃으며 말했습니다.

"뭐 그냥…… 그렇게 했어요."

"뭐 그냥…… 운이 좋았어요."

뭐 그냥 했어요…… 그가 잘하는 그 말 속에는 말 못할 눈물과 한숨이, 외로움이, 아픔이, 땀방울이 스며 있었습니다.

그는 내 책을 읽고 그 누구도 찾아내지 못한, 꼭꼭 숨어 있는 오타를 찾아내 전화해 옵니다.

"작가님, 183쪽 다섯째 줄에 오자 하나 있습니다. 헤헤."

어느 날인가는 문자로 사진 하나를 보내왔습니다. 내 책에 들어 있는 그림엽서를 모두 모아 액자로 표구해서 사무실에 걸어둔 것을 찍은 사진이었습니다. 그는 사진을 보내면서 이렇게 문자를 덧붙였습니다.

"작가님, 재밌죠?"

그는 모든 것을 다 이렇게 재밌다고 합니다. 고난도, 어려움도, 책 읽는 것도, 연극을 생전 처음 보는 것도, 작가를 만나 사는 이야기를 나누는 것도 다 재밌다고 합니다.

재미있게 일을 하니 그 일이 잘될 수밖에 없습니다. 재미있게 일을 하니 어려움도 훌쩍 넘습니다.

그를 만나고 나서 문득 미국 롱거버거 사의 창업주인 데이브 롱거버거Dave Longaberger가 어느 인터뷰에서 한 말이 생각났습니다.

나는 대학을 다니지 않았다. 또 나는 기업 경영 같은 것에 대한 훈련도 받지 못했다. 어떻게 하면 부자가 될 수 있는지 강의를 들어본 적도 없다. 단지 내가 아는 모든 것은, 사람들이 말하는 것을 잘 듣고 관찰하면서 배운 것이다. 내 길에 도움이 된다면 바로 그것을 실천했다. 나는 공부는 잘 못했다. 하지만 생각은 깊게 한다.

오하이오 주의 시골 마을에 본사를 두고 있는 롱거버거 사는 바구니를 만들어 파는 회사인데, 연 매출이 10억 달러나 됩니다. 창업주 데이브 롱거버거는 소위 말하는 가방끈이 무척 짧은 사람이었습니다. 그리고 시골 출신으로 경영학도 모르고, 강의도 들어본 적 없고, 머리도 좋지 않았습니다. 하지만 그는 이렇게 말합니다.

나같이 보잘것없는 작은 시골 마을 출신이 성공할 수 있다면, 열심히 일할 의지를 가진 대부분의 사람들은 모두 성공적인 인생을 살 수 있다는 뜻이다. 인생의 대부분은 그렇게 어려운 것이 아니다. 열심히 일하면 쉽게 만들 수 있다.

지금 혹시 "나는 배경이 좋지 않아", "나는 학력이 좋지 않아", "나는 돈이 너무 없어" 이렇게 생각하며 어깨를 늘어뜨리고 있지는 않으신지요. 만약 그렇다면, 주어진 배경이나 학력 없이도 그냥 열심히 살다 보니 이 자리에 이르렀다고 하는 남재국 사장과 롱거버거 사장의 말을 꼭 기억하기 바랍니다.

여기, 누군가의 한마디를 덧붙여봅니다.

저는 가난한 집에서 태어났고, 정상적인 학교교육을 받지 못했습니다. 사업을 하다 두 번 망했고, 선거에서는 여덟 번 낙선했습니다. 사랑하는 여인을 잃고 정신병원 신세를 지기도 했습니다. 제가 운이 나쁜 사람이라고요? 글쎄요. 참, 하나를 빼먹었군요. 저는 인생 막바지에 미국의 16대 대통령이 되었습니다. 제 이름은 링컨입니다.

70퍼센트만
하자

책 프로그램을 할 때 출연자인 소설가 김중혁 씨에게 "인생관이 뭐냐"고 물었습니다. 그러자 뜻밖의 대답을 해왔습니다.

"70퍼센트만 하자!"

"100퍼센트를 다 해도 모자란데 왜 '70퍼센트만 하자'가 인생관이냐" 물었더니 그는 이런 대답을 했습니다.

"사랑도, 일도 100퍼센트 쏟다 보면 넘어졌을 때 다시 일어나기 어렵잖아요. 70퍼센트도 많이 쏟는 거예요. 일어설 여지는 남겨둬야 하잖아요."

이 말을 나는 드라마를 집필하는 이정선이라는 후배 작가에게 들려줬습니다. 이정선 작가는 드라마를 쓰면서 다 쏟아붓습니다. 그래서 몸이 버텨내지 못합니다. 내 말을 듣는 이정선 작가의 눈자위가 붉어지는 듯했습니다.

그 후에 나는 여러 가지로 참 힘든 드라마를 시작했습니다. 전화도 제대로 받지 못하고, 잠도 못 자고, 밥도 못 먹고 드라마를 써야 했습니다. 그때 이정선 작가가 달콤한 케이크를 보내왔습니다. 거기에는 이런 말이 적힌 카드가 들어 있었습니다.

나한테는 70퍼센트만 하래 놓고 언니는 왜 100퍼센트를 쏟으세요?

하지만 나도 그녀도 잘 알고 있었습니다. 우리 일이 70퍼센트로 되는 일이 아니라는 것을……. 100퍼센트, 아니 나한테 없는 것까지 끌어내서 120퍼센트, 150퍼센트 쏟아부어야 되는 일이라는 것을 말입니다.

연속극 쓰는 동안 링거 안 맞아본 작가가 있을까요? 소화불량에 변비 증세에 안 시달린 작가가 있을까요?

"언니는 진짜 짐승 체력이야."

이정선 작가가 종종 놀려대곤 합니다만, 나도 일일 드라마를 쓸 때면 사실 몸에 좋다는 보약이며 흑염소에 링거 신세까지 져가며 간신히 버티곤 했습니다.

유쾌함의 상징인 SBS 러브 FM의 진행자 숙영 언니는 몇 년 전 어머니가 췌장암으로 위독하시던 그 순간에도 방송에서는 웃음과 희망을 이야기해야 했습니다.

작가도 마찬가지입니다. 정연 언니는 아버지 장례식을 치르고 와서도 새벽에 컴퓨터 앞에 앉아서 '희망과 기쁨을 주는' 밝은 원고를 써야 했습니다. 속으로는 울면서 '세상은 그래도 살아볼 만한 곳이잖아요'라는 멘트를 써야 했습니다.

연예인 자살 사건이나 돌연사 등의 뉴스를 접할 때면 또 한 사람의 말이 생각납니다. 박찬욱 감독은 딸아이가 초등학교 1학년일 때 학교에서 숙제로 가훈을 적어오라고 하자 이렇게 써줬다고 하지요.

"아니면 말고!"

사람은 누구나 노력을 다해도 실패할 수 있습니다. 그래도 그 결과에 너무 상처받지 말고 훌훌 털어버려라, 이런 뜻일 것입니다.

무슨 일이든 목숨 걸 것까지 있겠습니까?

"70퍼센트만 하자!"와 "아니면 말고!"

21세기 현대인들에게 참 좋은 좌우명입니다.

돌아오기 위해
떠납니다

언젠가 국토 대장정 다큐멘터리를 봤습니다. 죽을 고생을 하면서 오랫동안 국토 여기저기를 걸어다닌 젊은이들……. 도중에 쓰러지고 여러 고비를 넘기면서도 죽을힘을 다해 대장정을 마친 그들이 대단하다고 느꼈습니다.

그중에 어느 여학생이 이런 말을 하더군요.

"난 스스로 강해지기 위해서 국토 대장정을 온 게 아니에요. 서로 기대기 위해, 내 곁에 있는 사람에게 의지하기 위해, 그렇게 나 혼자는 살아갈 수 없고 누군가의 도움으로 살아간다는 사실, 그걸 확인하려고 여기에 왔습니다."

어떤 남학생은 이런 말을 했습니다.

"여기로 떠나오기 전에는 아버지가 미웠어요. 그런데 지금은 아버지를 사랑해요. 이 산만큼 아버지, 어머니를 사랑합니다."

험한 산에 오르고 바다를 탐험하고 극한까지 개척하는 사람들, 그 결과 그들은 자신감과 강한 의지를 얻겠지요. 하지만 무엇보다 '혼자서는 약한 존재'라는 사실을 또 한 번 확인하는 기회일 수도 있습니다.

혼자 잘난 맛에 살기도 하지만, 내가 잘나면 얼마나 잘나고 내가 강하면 얼마나 강하겠습니까. 우리는 다른 사람의 도움 없이는 단 하루도 살 수 없는 존재입니다.

내가 신은 신발, 내가 입은 옷, 내가 듣는 음악…… 이 모든 것이 타인으로 인한 것입니다. 우리는 알게 모르게 타인에 기대 살아가고 있는 중입니다.

언젠가 내가 돌아갈 곳은 내 가족, 내 친구의 품이라는 것, 언젠가 내가 돌아가 안길 곳은 내가 사랑하는 사람의 품이라는 것, 그 사실을 절실하게 깨닫기 위해 우리는 모험을 떠나고, 산에 오르고, 여행을 떠납니다.

여섯 살 아이의
10억 원짜리 어음

　전업 작가의 길을 선택하고 여섯 살 재형이 손을 잡고 서울로 올라왔을 때입니다. 라디오 구성 작가 일을 시작하면서 재형이를 주로 오빠네 집에 맡겼습니다. 오빠는 사업에 실패하고 한식당을 운영하고 있었는데, 재형이는 유아원에 갔다 오면 오빠네 식당에서 하루 종일 놀았습니다.

　식당 탁자에서 재형이는 주로 그림을 그리며 놀았습니다. 하루 종일 그림을 그려도 심심하다 짜증내는 일이 없었습니다. 오빠는 그런 재형이를 이렇게 불렀습니다.
　"어이, 소년 고흐! 넌 나중에 고흐 같은 화가가 될 거야."
　그러면서 오빠는 재형이에게 어음 한 장을 쓰라고 했습니다. 여섯 살 재형이는 오빠가 지시하는 대로 동그라미를 그려서 10억짜리 어음을 썼습니다. 사인까지 떡하니 했습니다.

오빠는 그 어음을 아직도 가지고 있습니다. 그리고 미대생이 된 재형이에게 늘 말합니다.

"나한테 10억짜리 어음 있는 거 알지?"

내가 웃으며 재형이에게 말했습니다

"그러게 사인은 신중히 해야 한다니까."

재형이는 너스레를 떱니다.

"걱정 마세요. 그림은 부르는 게 값이잖아요. 제가 그림 그려서 외삼촌 드리면서 11억짜리 그림이라고 할 거예요. 외삼촌이 1억쯤은 준비하셔야 될걸요."

재형이가 여섯 살 때부터 지금까지 계속 10억짜리 어음을 받았으니 그림 내놓으라고 하는 오빠…… 그 오빠 덕분에 재형이의 꿈이 성장할 수 있었습니다.

오빠는 크리스마스나 명절 때가 되면 서울에 있는 식구들을 다 집합시켰습니다. 그리고 우리 가족 서울 지부 백일장을 열고, 사행시 짓기 대회를 개최했습니다. 오빠는 그때 그 백일장에 제출한 사행시 쪽지들을 아직도 간직하고 있습니다.

언젠가 '가족사랑'이라는 네 글자로 사행시를 지었는데, 그때 내가 '가랑가랑 가랑비……'로 시작하는 구절을 적었나 봅니다. 오빠는 아직도 놀려댑니다.

"송 작가, 가랑가랑 가랑비가 뭐야?"

"아, 오빠, 그거 이제 좀 없애버리세요."

그래도 오빠는 절대 없애지 않고 종종 그때 써낸 백일장 내용을 두고 놀려댑니다.

식당을 운영하면서 소설도 쓰고 시도 쓰고 그 시를 적어서 식당 벽을 장식했던 오빠. 그 작은오빠가 지금 좀 아픕니다.

병원에서 오빠 손을 잡아주었을 때 오빠가 내 손을 힘주어 꾸욱 쥐고 놓지 않았습니다. 살고 싶다는, 이제부터 시작이라는 무언의 언어 같았습니다.

오빠는 털고 일어날 겁니다. 내년 봄에도 동생들에게 줄 고사리를 따러 한라산 중턱을 오를 겁니다. 오빠는 다시 건강해져야 합니다. 그럴 자격이 충분합니다. 홀로되신 어머니를 극진히 모셔온 오빠의 효심, 세상 사람 아무도 몰라도 하늘은 아실 테니까요.

세트
구성물

한쪽이 없으면 다른 한쪽도
아무 소용이 없어지는 것들이 있습니다.

한 짝이 없는 벙어리장갑, 한 짝을 잃어버린 양말,
한 짝이 없는 젓가락, 한 짝을 잃어버린 귀걸이…….

그렇게 한 짝이 한 짝을 만나, 두 개가 있어야
완전한 하나가 되는 것들이 있습니다.

두 개가 있어야 완전한 하나가 되는 것들…….
그중에 어쩌면 우리 '사람'도 포함돼야 하는 건 아닐까요?

그 어떤 아름다움, 그 어떤 맛과 향기도

그 사람이 없으면 아무 의미가 없습니다.

그래서 사랑을 갈구하고, 언제나 외롭고 그리운 존재들…….

우리는 그렇게 두 사람이 뭉쳐 하나가 되는

세트 구성물인지도 모릅니다.

어떤 영화에서, 한 남자가 천국에 도달합니다.

그러나 그는 지옥에 보내달라고 애원합니다.

지옥에 사랑하는 사람이 있기 때문입니다.

그 사람이 없는 천국은 지옥보다 못한 것입니다.

우리는 언제나 사랑이 있어야 비로소 살 수 있는,

두 사람이 한 세트로 구성된 존재인지도 모르겠습니다.

서로 가까이 있는 두 나무가 하나로 합쳐지는 연리지,

모자란 부분을 인정하면서

그의 모습을 서서히 받아들여서 하나가 되는 연리지,

한번 연리지가 된 가지는 절대 떨어지지 않습니다.

사랑이란, 그런 것 아닐까요?

착한 반달이
예쁜 반달을 만나서

스포츠센터에서 트레이너로 일하는 윤 코치에게 전화가 한 통 왔습니다.

"선배, 저 결혼해요."

예전에 같은 직장에서 일하다가 지방에 내려간 후배였습니다. 서로 바빠서 오랫동안 연락도 못 하고 지냈는데, 결혼한다고 연락해 온 것입니다.

"강원도에서 결혼식을 올릴 거예요. 멀어서 결혼식에 오시라고는 못 하겠고 점심이나 같이 해요."

후배의 연락이 반갑기는 했지만, 집안에 대소사가 많아 금전적으로 어려울 때였습니다. 축의금 낼 생각에 마음이 무거웠습니다. 후배가 괘씸한 생각도 들었습니다. 통 소식도 없다가 결혼할 때가 되니까 연락해 온 것은 축의금 받겠다는 심보가 아니고 뭔가 싶었습니다. 윤 코치는 내키지 않는 발걸음을 옮겨 약속 장소로 나갔습니다. 후배는 결혼할 사람과 같이 앉아 있었습니다. 그녀도 전에 같이 일했던 동료였습니다. 몇 마디 형식적인 축하를 던지고 축의금 봉투를 전하려는데 후배가 오히려 봉투 하나를 꺼내 건넸습니다.

"선배 덕분에 이 사람과 좋은 인연이 되었어요. 이 사람과 결혼한다면 맨 먼저 감사한 마음을 선배한테 전하고 싶었어요. 그래서 선배가 바쁜 줄 알면서도 만나자고 했어요."

생각해 보니 예전 직장에서 두 사람을 맺어준 기억이 났습니다. 다 잊어버린 일이었는데 그들은 그 고마움을 잊지 않고 간직했다가 먼 길을 달려와 고마움을 표현했습니다. 그런 것도 모르고 후배가 만나자고 하니까 축의금 걱정부터 한 마음이 너무 부끄러웠습니다.

그렇게 후배를 만나고 돌아서는 길에 문득 하늘을 봤습니다. 하늘에 반달이 곱게 떠 있었습니다. 참 착한 반달이 참 예쁜 다른 반달을 만나 꽉 찬 보름달이 되겠구나 싶었습니다.

"착한 저 예비부부가 앞으로도 잘살게 해주세요."

마음으로 축복의 기도를 올렸습니다.

종이배를
띄우는 아이

호수공원을 걷다가 한 아이가 호수에 종이배를 띄우는 것을 보았습니다. 종이배를 띄우는 모습은 정말 오랜만에 봤고 그 어떤 자연보다 아름다운 사람 풍경이었습니다.

어린 시절에는 공책을 다 쓰고 나면 한 장씩 북 찢어서 종이비행기를 접었습니다. 그리고 먼 하늘로 날리며 높이높이 날아라, 응원했습니다.

어떤 날에는 종이배를 접어 시냇물로 흘려보내며 멀리멀리 가거라, 응원했습니다.

그런데…… 종이비행기는 하늘 저 멀리 날아가다가 지나가는 바람에 그만 곤두박질치고 맙니다. 종이배는 냇물 저 멀리 흘러가다가 하필이면 바위에 부딪혀 더 이상 가지 못합니다.

종이비행기와 종이배를 접어 멀리 보내던 어린 시절에 우리는 이미 알아버렸는지도 모릅니다. 인생이 뜻대로만 되는 건 아니구나 하는 사실을 말이지요. 그래서 어른이 되면서 우리는 나름대로의 인생 비법을 찾아나갔습니다.

멀리 가다가 힘에 부치면 언제든 불시착할 수 있는 가슴 하나, '사랑하는 사람'은 그렇게 나만의 활주로이며 비상구입니다.

언제나 잘나가기만 하는 인생이면 얼마나 좋겠습니까.
종이로 만든 비행기나 배처럼 우리 삶은 찢어지기 쉽고 나약합니다. 하지만 언제든 기대어 설 수 있는 사람이 있다면 그 어떤 점보비행기보다 높이, 멀리 갈 수 있을 것입니다.

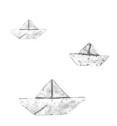

부모 노릇을
하려면

아이가 일곱 살 때였습니다. 어느 날 아이가 열이 펄펄 끓고 끙끙 앓았습니다. 감기인 줄로만 알고 동네 소아과에 다녔는데 열이 도무지 가라앉지 않았습니다. 한밤중에 고열에 시달리는 아이를 업고 종합병원 응급실로 달려갔습니다.

의사가 말했습니다.

"뇌막염일지도 모르니 검사를 좀 해봐야겠습니다."

뇌막염일지도 모른다니…… 동네 병원에서는 감기라고 했는데 이게 무슨 날벼락인가. 척수 검사 동의서를 쓰는 손이 덜덜 떨렸습니다.

뇌척수액 검사는 그 과정이 너무도 고통스러웠습니다. 등뼈 사이를 주사로 찔러서 척수액을 뽑아내는데, 아이가 얼마나 아파하는지 옆에서 지켜보는 내 가슴이 타들어갔습니다. 나도 모르게 눈물이 줄줄 흘렀습니다.

밤새 아이의 옆에서 검사 결과를 기다리는데 문득 아버지 생각이
났습니다. 나는 아버지의 눈물을 한 번도 본 적이 없습니다. 그러나
아버지의 눈물을 느낀 적은 있습니다.

초등학교 1학년 때였습니다. 나는 홍역으로 며칠 동안 펄펄 끓는
고열에 시달렸습니다. 어렵게 치료하여 홍역은 나았는데 그 후유
증으로 위아래 눈꺼풀이 닫혀버렸습니다. 눈을 뜨지 못하는 어린
딸을 데리고 아버지는 제주시 병원으로 달려갔습니다. 그런데 의
사에게서 청천벽력 같은 선고를 받았습니다.

"눈이 멀 수도 있습니다."

그날 밤 어머니 곁에서 잠이 든 나는 어머니가 흐느끼는 소리에
잠을 깼습니다. 그러나 눈을 뜨지 못한 채 그냥 누워 있었습니다. 아
버지와 어머니의 대화 소리가 또렷하게 귀에 박혔습니다.

"눈이 멀게 된다니, 이게 무슨 날벼락이에요? 안 돼요. 내 딸이 장
님이 된다니, 절대 안 돼요."

어머니는 내가 혹시 깰까 봐 낮은 소리로 흐느끼고 있었고, 아버
지는 아무 대답도 못 하고 있었습니다.

그때 나는 느꼈습니다. 아버지가 지금 눈물을 흘리고 있다는 것

을……. 눈이 아닌 다른 모든 감각으로 아버지 역시 속으로 울고 있
다는 것을 느꼈습니다.

어머니의 흐느낌 소리가 격해지기 시작했고, 아버지는 오랜 침묵
끝에 한마디를 내뱉었습니다.

"부모는 자식 일에서는 어떤 일에도 담대해야지."

그 말에 어머니의 울음은 서서히 잦아들었습니다. 그 밤 아버지
가 울음 섞인 목소리로 하신 그 한마디는 내 가슴에도 그대로 와서
박혔습니다.

그 후 수술과 여러 번의 통원 치료 끝에 내 눈은 말끔히 나았습니
다. 그리고 그 힘든 시기를 이겨내며 나는 자식을 향한 부모님의 사
랑이 얼마나 깊은지도 절실히 깨달았습니다.

오랜 세월이 흐른 후 나의 아이가 그때의 내 나이가 되어 뇌척수
검사를 했습니다. 나는 검사 결과를 기다리면서 하염없이 눈물을
흘렸습니다.

"부모는 자식 일에서는 어떤 일에도 담대해야지."

그때 아버지의 그 한마디 말이 떠올라 나는 강하게 입술을 깨물
고 눈물을 닦았습니다. 그리고 담대해진 마음으로 검사 결과를 기
다렸습니다. 검사 결과 뇌막염이 아니었습니다. 얼마나 다행인지

감사의 기도가 절로 터져나왔습니다.

 부모는 자식에 대해서는 그 어떤 일에도 담대해야 한다······. 그 사실을 잊지 않으려 애쓰며 삽니다. 그것은 참 힘든 일입니다. 다른 일은 몰라도 자식의 일에서만은 감정 조절이 잘 되지 않습니다. 그럴 때마다 자식의 병 앞에서 속울음을 삼키면서도 흔들림 없이 담대하게 대처하신 아버지를 떠올리곤 합니다.

쓰지 않으면
견딜 수 없어서

방송작가 교육원에서 드라마 작법을 가르치다 보면 종종 나보다 나이 많은 수강생들을 보게 됩니다. 그중에서도 잊히지 않는 수강생이 있습니다. 그녀는 대구에서 기차를 타고 올라와 수업을 받고 수업을 마치면 밤 기차를 타고 집으로 내려갑니다.

그녀의 가족사는 복잡해서 신경 쓸 일이 한두 가지가 아니었고, 남편도 직장에서 바삐 일하는 사람이라 뒷바라지할 일도 많았습니다. 게다가 그녀는 학원에서 아이들을 가르치는 일도 하고 있었습니다. 그런데도 단 한 번도 결석하지 않고, 어려운 과제도 꼭 제출했습니다.

그러다 덜컥 몸살이 났나 봅니다. 잔뜩 잠긴 목소리로 결석해야 한다며 전화가 왔는데, 얼마나 안쓰럽던지 내가 물었습니다.

"그렇게 힘든데 왜 드라마를 쓰려고 해요?"

질문이 떨어지자마자 그녀가 울음을 툭 터뜨렸습니다. 당황한 나는 그녀가 다 울 때까지 기다려줬습니다. 수화기 너머로 한참 울고 난 그녀가 대답했습니다.

"쓰지 않으면 견딜 수 없어서요. 저는 이혼 대신 글 쓰고, 죽음 대신 글 씁니다."

뭉클해진 마음으로 그녀에게 말했습니다. 그렇다면 포기하지 말고 부지런히 해보라고.

어떤 젊은이가 훌륭한 화가를 찾아가서 이렇게 물었다고 하지요.

"저에게 소질이 있어 보입니까?"

그러자 화가가 이렇게 대답했다고 합니다.

"소질이 있고 없고가 중요한 게 아니라 그리고 싶어서 못 견뎌야 그려지는 것이지."

모든 분야에 이 논리가 적용될 것입니다. 그걸 하지 않으면 못 견디는 것, 돈을 내서라도 하고 싶은 것, 그것이 바로 자신이 꼭 해야 할 일입니다. 자기가 정말로 하고 싶은 일을 통해서 이 세상에 태어난 사명을 느낄 수 있다면 그것이야말로 최대의 행운입니다.

사람은 세 번 태어난다는 말이 있지요. 첫 번째 태어나는 것은 어머니로부터 태어날 때입니다. 두 번째 새롭게 태어나는 것은 사랑할 때라고 합니다. 그리고 자신의 사명을 발견하고 자각할 때 사람은 세 번째 태어납니다.

사람은 이렇게 세 번 태어나야 제대로 인생을 꾸렸다는 평을 받게 됩니다. 그러나 그저 첫 번째 탄생으로 평생을 살다가는 사람도 많습니다. 두 번째 탄생을 맛본 사람은 큰 행운입니다.

세 번째 새롭게 태어나는 데는 진로 선택이 필수적인 요소가 되겠지요. 요즘은 진로를 선택하는 데 적성을 따지는 것도 어쩌면 사치일지 모른다는 말을 합니다. 그러나 무슨 일이든 원칙과 기본이 전제가 되어야 합니다. 어떤 선택을 하든 자신의 잣대를 가지고 꼭 하고 싶은 일을 소신 있게 선택해야 합니다.

"그 누가 뭐라고 해도 나는 이것을 하고 싶다!"

이런 일을 찾아가는 과정, 그것이 어쩌면 우리 인생의 최대 과제가 아닐까요?

3장

멀리 가려거든
함께 가라

타이어를
다시 갈아 끼우고

선배의 남편이 정년퇴직을 했습니다. 은퇴는 영어로 Retirement, 즉 타이어를 다시 갈아 끼운다는 뜻과 같습니다.

퇴직하는 날, 선배와 선배 남편은 술을 참 많이 마셨습니다. 선배는 진심으로 축하를 보냈습니다.

"30년 넘게 한 직장에 그렇게 다닐 수 있었다는 게 얼마나 축하받을 일이에요? 당신은 정말 복 받은 사람이야. 그런 남편을 둔 나도 복 받은 여자고."

남편이 "퇴직하면 나 뭐 할까?"라고 묻자 선배가 말했습니다.

"지금까지 일했는데 이제 실컷 쉬어요."

그러자 남편이 조심스럽게 다시 물었습니다.

"내가 하고 싶은 거 해도 돼?"

선배는 그게 뭐냐고 묻지 않았습니다. 그냥 짧게 대답했습니다.

"그러세요."

그 후 남편이 여기저기 뭘 알아보고 다니더니 화원을 하겠다고 선언하더랍니다. 농사도 지어보지 않은 사람이 화원을 하겠다니 불안했을 법도 한데, 선배는 또 딱 한마디 했답니다.

"그러세요."

"내가 퇴직금 다 들어먹을까 봐 겁나지 않아?"

그러자 선배가 그랬답니다.

"당신이 하는 일이잖아요."

선배가 그렇게 믿어줘서일까요? 남편의 화원이 그런대로 잘됐습니다. 그 경험을 바탕으로 원예 관련 책도 한 권 펴냈습니다. 물론 돈을 잘 버는 것은 아닙니다. 오히려 손해를 봤습니다. 그러나 남편 얼굴이 환해졌고 더 젊어졌습니다.

남편은 선배에게도 늘 말한다고 합니다.

"당신도 당신 하고 싶은 거 다 해. 내가 밀어줄게."

"어떻게 밀어줄 건데?"라고 묻자 남편이 대답하더랍니다.

"그냥 가만 있어주는 게 밀어주는 거지, 뭐."

둘이 서로 마주 보고 깔깔 웃었습니다. 선배는 생각했습니다.

'그래, 맞다. 부부가 서로를 밀어주는 게 별거냐. 그냥 말없이 믿고 지켜봐주는 거, 그게 밀어주는 거지.'

옥순 씨,
이 꽃을 받아주세요

나이는 열 살이나 어리지만 존경할 수밖에 없는 후배가 있습니다. 그는 잘나가는 예능 방송작가입니다. 예능 작가는 방송사에 회의하러 나갈 일도 많고 해서 지방에 살면 일을 할 수가 없습니다.

그런데 강원도 산골에 홀로 사는 어머니에게 치매가 왔습니다. 강남에 사는 형은 아이들 교육 때문에 어머니를 모실 수 없다고 했습니다. 미국에 이민 간 누나는 걱정하며 울기만 했습니다.

후배는 이혼을 하고 혼자 살았는데, 하는 수 없이 그 집으로 어머니를 모셔왔습니다. 그런데 어머니는 새로운 환경에 적응하지 못했습니다. 자꾸 집을 나가 길을 잃기도 했고, "내가 사는 집에 데려다 다오"라고 애원하기도 했습니다.

후배는 결심했습니다. 어머니에게 익숙한 시골집으로 가서 어머니와 함께 살기로……. 그는 기획하던 프로그램을 다른 작가에게 넘겼습니다. 그리고 어머니와 함께 시골로 내려갔습니다. 차를 몰고 가는데, 뒷좌석 차창에 매달려 밖을 보던 어머니가 들꽃을 보더니 탄성을 질렀습니다.

"아, 예쁘다!"

후배는 차를 세우고 그 들꽃들을 한 묶음 꺾어다가 내밀었습니다.

"옥순 씨, 이 꽃을 받아주세요."

어머니가 소녀처럼 좋아했습니다.

가는 길에 장터에 들러 어머니 좋아하는 팥칼국수도 같이 먹었습니다. 사실 어머니가 팥칼국수를 좋아하는지도 처음 알았습니다.

시골집에서 어머니와 살면서 그는 매일 들꽃을 꺾어다 어머니에게 내밉니다. 그리고 어머니가 좋아하는 음식을 먹으러 다닙니다. 정선 오일장에 가서 수수부꾸미도 먹고, 메밀전도 먹었습니다.

밤이면 어머니에게 시를 읽어드리고 종종 어머니에게 노래도 불러드립니다. 그러면서 깨닫습니다. 내 인생에 가장 행복한 지점을 건너고 있다는 사실을…….

작가 몇 명이 찾아갔을 때, 후배는 된장찌개를 끓이고 있었습니다. 그 찌개 맛이 일품이었습니다.

"점점 요리 솜씨가 늘어요. 엄마 입맛이 까다롭거든요."

후배가 맑게 웃었습니다.

너를 위해서라면
기꺼이

작고 어린 소년이 저보다 훨씬 체격이 큰 누나를 업고 걸어갑니다. 몸이 불편한 누나는 계속 "미안하다, 미안하다" 말하고 소년은 이마에 땀을 흘리면서도 "괜찮다, 괜찮다" 말합니다.

그들은 가족입니다.

잘못을 크게 저지른 아들에게 어머니는 따뜻한 밥을 지어줍니다. 아들은 어머니한테 미안해서 괜히 허공에 헛발질만 해대고 어머니는 추궁과 꾸중 대신 말없이 밥을 꾹꾹 눌러줍니다.

그들은 가족입니다.

가족이기 때문에 가능한 것들…… 꼽아보면 셀 수도 없지요.

 가족을 위해서라면 기꺼이 사막을 건너는 낙타가 될 수 있는 아버지, 가족을 위해서라면 기꺼이 무릎을 꿇는 죄인이 될 수 있는 어머니, 가족을 위해서라면 기꺼이 희생하는 민들레가 될 수 있는 누이…….

 참 따뜻한 이름, 어머니.
 든든한 이름, 아버지.
 다정한 이름, 누나, 형, 언니, 동생.
 그렇게 따뜻하고 든든한 이름들이 모여 행복이 되는 울타리.
 바로 가족입니다.

담장을
허물고

　어느 초등학교와 장애인 학교가 담장을 허물고 한 가족처럼 지내고 있다는 이야기를 접했습니다. 장애인 특수학교의 학예 발표회에 이웃 학교 아이들이 놀러온 소식은 참 흐뭇한 소식이었습니다.

　장애인 특수학교 아이들은 몸이 불편하지만 힘들게 준비해 온 작품을 열심히 선보였습니다. 초대 손님인 이웃 초등학교 아이들도 우정 출연해서 멋진 춤과 노래를 선보였습니다. 그들은 함께 웃고, 함께 박수 치고, 함께 느끼며 서로를 알고, 서로의 마음을 나누었습니다.

　특수학교 학예회에 놀러온 이웃 학교 아이는 이렇게 말하며 좋아했습니다.

"우리 학교 아이들보다 더 잘해요. 우리와 똑같다는 것을 알게 됐어요."

특수학교의 한 아이도 이렇게 말하며 활짝 웃었습니다.

"우리도 할 수 있다는 걸 보여줘서 좋아요."

학생들이 이렇게 마음의 벽을 허물게 된 것은 두 학교 사이의 담장을 허물고 화단을 조성하면서부터라고 합니다. 두 학교 아이들은 방과 후에 같은 운동장에서 함께 놀고, 함께 운동도 하고, 함께 장난도 치며 한 학교 아이들처럼 지낸다고 하지요.

또한 아이들은 두 학교를 오가면서 수업을 같이 듣기도 합니다. 두 학교 선생님들도 일주일에 한 번씩 함께 수화를 배우며 이해의 폭을 넓혀가고 있습니다.

학교의 담장을 허물고 대신 화단을 만드니 이렇듯 서로 오가며 마음까지 열리게 됐습니다. 그야말로 진정한 '열린 교육'입니다.

다른 학교들도 콘크리트로 쌓은 차가운 담장 대신 꽃이 피는 화단을 만드는 데 적극 동참하고 있다고 합니다.

벽을 만드는 데 익숙해진 우리 사회. 이웃에 특수학교가 들어온다고 하면 피켓 들고 시위하는 학부모들, 장애를 가진 아이와 친구로 지낸다고 말하면 인상을 찌푸리는 어른들, 친구의 집 평수와 부모 직업부터 묻는 어른들……. 굳건하고 높은 담장을 그렇게 우리 마음에 쌓아놓고 있지는 않은지 돌이켜봅니다.

서로의 담장을 시원하게 허물어버리고 그 자리에 예쁜 꽃밭을 만드는 일, 우리 마음에서도 그렇게 담을 허무는 아름다운 공사가 이뤄졌으면 좋겠습니다.

내 신발을
신어요

집에 들어서는 시어머니를 보고 며느리는 깜짝 놀랐습니다. 아침에 신고 나가신 따뜻한 털신은 온데간데없고 다 해진 여름 신발을 신고 들어오셨기 때문입니다.

"어머니, 신발이 왜 이래요?"

"아유, 미안하다. 이, 잃어버렸어."

며느리는 섭섭한 마음이 들었습니다. 쪼들리는 살림살이에 큰맘 먹고 사드렸는데 얼마 되지도 않아 그걸 잃어버리시다니…….

"어디서 잃어버리셨어요? 다 낡아 빠진 이 신발은 또 뭐고요."

역정이 실린 물음에 어머니는 우물쭈물 대답하셨습니다.

"응. 그게…… 식당에서 신발이 바뀐 거 같아."

"그 식당이 어딘데요? 변상해 달라고 해야죠."

어머니는 또 우물쭈물하며 대답을 피하셨습니다.

"에이, 놔둬라. 내가 잘못해서 그런 건데, 뭐."

어머니가 방에 들어가신 후 바꿔 신고 온 신발을 보니 여름 신발인 데다가 얼마나 낡았는지 고무로 된 신발 밑창이 해져서 너덜거렸습니다.

'세상에, 이런 신발을 신고 어떻게 집까지 걸어오셨지?'

전철역에서 집까지는 꽤 먼 거리여서 한참 걸어야 하는데 밑창이 다 닳은 낡은 여름 신발을 신고 걸어오셨을 어머니 생각에 또 한 번 속상해졌습니다.

며칠 후, 친구에게 전화가 왔습니다. 시어머니가 인터넷에 올라왔다는 것입니다. 며느리는 인터넷 동영상을 보고 깜짝 놀랐습니다. 동영상에서 어머니는 구걸을 하는 어느 남루한 할머니에게 신발을 벗어 건네고 있었습니다. 그 할머니는 낡고 해진 여름 신발을 신고 있었습니다.

어머니는 털신을 벗어 건네면서 말했습니다.

"여기저기 다니시려면 발이 시려서 안 돼요. 이 신으로 어서 갈아 신으세요."

할머니가 미안해하며 손을 내젓자 어머니는 계속 설득했습니다.

"나는 전철에서 내리면 집이 금방이에요. 얼른 이걸로 신으세요."

어머니는 미안해하며 주저하는 할머니한테 억지로 털신을 신겨

주고, 그 할머니가 신고 있던 낡은 여름 신발을 신었습니다. 그렇게 신발을 바꿔 신고 행복한 웃음을 짓는 어머니, 미안한 웃음을 짓는 할머니.

그 광경을 감동 깊게 본 어떤 사람이 휴대전화로 동영상을 찍어서 인터넷에 올린 것이었습니다.

며느리는 가슴이 뭉클해졌습니다. 어머니는 구걸하는 할머니를 보며 어쩌면 옛날 생각을 하셨을 것입니다.

어머니는 아들을 혼자 키우면서 안 해본 장사가 없었습니다. 어린 아들을 업고 생선 장사를 다니셨는데, 추운 겨울날에도 다 낡은 여름 신발을 신고 다니셨다고 합니다. 당신의 모습이 그 할머니 모습 위로 스쳐 지나갔을지도 모릅니다.

그런 사정도 모르고 신발을 잃어버렸다고 잔소리를 했으니…….

며느리는 가슴이 아팠습니다. 며느리는 시장 보러 나선 길에 어머니 털신을 한 켤레 다시 샀습니다. 또 어디서 잃어버리시더라도 절대 잔소리하지 말아야지 생각하면서…….

모두 다
내 아들

아들이 군에 갔을 때에는 눈에 군인만 보였습니다. 군인을 보면 다 내 아들 같아서 눈물부터 났습니다.

가장 힘든 것은 연락을 자유롭게 할 수 없다는 것입니다. 아무리 궁금해도, 아무리 걱정돼도 아들과 통화할 수가 없습니다. 아들에게서 전화가 와야만 받을 수 있는데, 군대가 있는 강원도 지역 전화번호 033이 휴대전화에 뜰 때마다 나는 화들짝 놀라며 얼른 받곤 했습니다.

어느 날인가는 급히 받으려다가 휴대전화를 떨어뜨려 와장창 박살이 난 적도 있습니다. 휴대전화가 망가진 것보다 아들의 전화를 못 받은 사실에 절망해서 안절부절못했습니다.

혹시 아픈 게 아닐까, 혹시 무슨 일 있는 게 아닐까…… 아들이 걸어온 전화를 받지 못하는 날이면 하루 종일 속상해서 일이 손에 잡히지 않았습니다.

그러던 어느 날 아들에게서 전화가 왔습니다.

"엄마, 나 아주 조금…… 다쳤어요."

"다쳤다고?"

놀란 내 목소리가 몇 옥타브 올라갔습니다.

"아니, 그냥…… 아주 쬐금…… 쬐금 좀 다쳤다고……."

아들이 목소리를 밝게 위장했지만 나는 놀라서 와들와들 떨렸습니다.

"재형아, 엄마 괜찮으니까 솔직히 말해. 어디가 어느 만큼 다친 거야, 응?"

재형이는 하필이면 첫 휴가를 나오기 직전에 유격 훈련을 받다가 다리를 다쳤습니다. 놀 계획을 잔뜩 세워놨는데 다친 것입니다.

차를 몰고 아들 부대가 있는 삼척으로 향했습니다. 왜 그렇게 멀게 느껴지던지……. 얼마나 다쳤을지 마음이 급했습니다.

드디어 차창 너머 저 멀리 아들의 모습이 보였습니다. 부대 앞에 목발을 짚고 서 있는 아들이…….

어이쿠…… 조금 다쳤다더니…… 울음이 왈칵 솟았습니다.

그러나 아버지 말씀을 떠올리며 마음을 추스렀습니다.

"부모는 자식 일에는 의연해야 한다. 의연해야 한다……."

재형이는 서울로 오는 동안 엄마를 안심시키기 위해 아무렇지도 않은 듯 너스레를 떨었습니다.

"아, 휴가 때 놀아야 하는데…… 아, 계획 다 세워놨는데……."

"지금 노는 게 문제야?"

"노는 게 문제죠! 엄마, 저한테는 노는 게 아주아주 중요한 문제라고요!"

그 거창한 놀 계획들은 다 무산되고, 재형이는 첫 휴가를 꼬박 목발을 짚은 채 치료를 받으러 다니며 지내야 했습니다. 정형외과 의사가 무릎 연골이 나갔다며 제대를 신청할 수 있다고 했습니다. 그러나 재형이가 말했습니다.

"그냥 군 생활 다 마치겠습니다. 치료 열심히 받을게요."

대한민국 육군 유재형 멋있다!

내가 엄지손가락을 치켜들어 보여주었습니다.

재형이가 군에 복귀하고 나서 식당에서 밥을 먹는데 휴가 나온 군인들이 우르르 들어와서 식사를 주문했습니다. 식사를 마치고 나오면서 식당 주인에게 말했습니다.

"저 군인들 밥값도 같이 계산해 주세요."

그때 마침 먼저 밥값을 계산하던 중년 여인이 말했습니다.

"어머나, 기회를 저한테 빼앗기셨네요. 제가 지금 막 밥값을 냈거든요."

그 중년 여인도 아들이 군대에 가 있다고 했습니다. 나는 그 자리에 서서 그 중년 여인과 한참 군대 간 아들 이야기를 나눴습니다.

아들이 제대하고 난 다음에도 지역번호 033이 휴대전화 액정 화면에 뜨면 가슴이 뜁니다. 군복 입은 군인들을 보면 지금도 다 내 아들 같아서 그저 안쓰럽고 달려가 등을 두드려주고 싶어집니다. 그저 몸만 조심하라고, 그러면 된다고 잔소리하고 싶어집니다.

차가 말끔했던
이유

언니는 그동안 몰랐습니다. 아침 방송을 마치고 나오면 항상 차가 깨끗이 닦여져 있었다는 것을 말입니다. 그저 무심히 차에 올라서 집에 돌아오곤 했습니다.

그러던 어느 날, 방송 중에 차에 놓고 온 게 있어서 주차장으로 급히 나왔습니다. 그런데 언니 차 앞에 구부리고 앉아서 약을 묻혀 여기저기 닦는 사람이 있었습니다. 그는 바로 이숙영 씨 차를 운전하는 기사였습니다.

진행자 이숙영 씨와 언니는 20년 세월을 함께 일해왔습니다. KBS에서 일하다가 SBS 파워 FM으로 함께 옮겨왔고, 이제 SBS 러브 FM까지……. 늘 함께 방송을 하면서 이제는 숨소리에서도 그 뜻을 알아채는 사이가 됐습니다.

이른 아침 방송을 하는 이숙영 씨는 처음에는 직접 운전하다가 새벽 운전이 위험할 수도 있어서 운전기사를 고용했습니다. 그 운전기사와 함께 일한 지도 참 오래됐습니다. 이숙영 씨는 작가도, 기사도, 그렇게 오래 같이 일해온, 그래서 낡은 신발처럼 편안한 사람을 좋아합니다.

이숙영 씨의 운전기사는 아침마다 이숙영 씨가 내리고 나서 차를 깨끗이 닦습니다. 그런 뒤 주차장에 세워진 언니의 차를 또 깨끗이 닦습니다. 시키지도 않았고, 부탁하지도 않았는데 말입니다. 그런데도 단 한 번도 차를 닦아줬노라 생색내 본 적도 없습니다. 그러니 언니가 그 오랜 시간 동안 모를 수밖에 없었지요.

추운 겨울날, 바람 몰아치는 야외 주차장에 쪼그리고 앉아 언니의 차를 닦고 있는 그를 보고 언니가 놀라서 물었습니다.

"아니, 거기서 뭐 하세요?"

그가 언니를 보더니 씩 웃으며 말했습니다.

"송 작가님, 지난번에는 저쪽에 기스를 냈더니 이번에는 이쪽에 내셨네. 조심조심 운전하셔야죠. 허허허."

추운 겨울날, 누군가는 따뜻한 안에서 조금이라도 더 쉬려고 할 것입니다. 그러나 누군가는 시키지도 않은 일을 손을 호호 불어가며 남을 위해 하고 있습니다.

호랑이
송 교수

　홍익대학교 축제 때, 학생들이 개인기를 하나씩 들고 나와 연예인 흉내를 냈습니다. 그런데 한 학생이 나오자 학생들이 폭소를 터뜨렸습니다. 그 학생은 어느 교수의 흉내를 내고 있었습니다. 독특한 뻗친 머리 스타일을 하고, 강의실에 들어서서 팔다리를 휘저으며 열정적으로 강의하는 여교수.

　그 여교수가 수업하다가 갑자기 말합니다.
　"떠들 거야? 너네 보고 가르치느니 벽을 보고 강의하겠다!"
　그 교수는 정말 돌아서서 벽을 보고 30분 이상을 강의했고, 그 학생은 그 교수의 흉내를 실감 나게 냈습니다. 모든 학생이 박장대소하며 웃어댔고, 그 학생은 개인기 1위를 차지했습니다. 그 학생이 흉내 낸 그 교수가 바로 내 동생입니다.

어느 날은 후배 작가 이병률 시인에게서 전화가 왔습니다.

"선배, 홍익대에 동생 있어요?"

"응, 있지."

"그래요? 우리 책 디자이너가 홍익대 나왔는데, 말을 들어보니 선배 동생 같더라고요. 그런데 또 선배 동생 같지 않아서요."

"왜?"

"완전히 무섭다던데요? 호랑이 교수님이라고."

"(한숨) 맞아, 내 동생."

아들 재형이가 군에 있을 때 전화가 왔습니다.

"엄마, 우리 선임이 홍익대 나왔는데, 이모한테 배웠대."

"그래? 다음에 이모랑 같이 면회 갈게. 그 선임도 나오라고 그래라. 반갑겠다."

재형이가 그 선임에게 묻는 소리가 들렸습니다.

"이모가 면회 오신다는데 그때 같이 나가실래요?"

그때 수화기 너머로 신음 소리 비슷한 게 들리더니 재형이가 말했습니다.

"엄마, 선임이 이모 절대 오시지 말래."

"왜?"

"몰라. 이모 오신다니까 창백해지더니 벌벌 떨면서 나가버렸어."

"(한숨)……."

내 동생이 바로 그 호랑이 교수님입니다.

호랑이 교수님 내 동생 정미의 제자들은 그러나 하나같이 말합니다. 실력이 뛰어나고 학생들을 아끼는 교수라고.

내 동생은 정말 치열하게 공부했습니다. 그래서 치열하게 젊음을 보내지 않는 학생을 보면 안타까워서 화를 냅니다. 아끼기 때문에 욕심이 나고 욕심이 나기 때문에 무섭게 다그치는 것입니다.

정연 언니와 나와 동생, 세 자매는 같은 시기에 대학을 다녔습니다. 우리 세 자매는 작은오빠네 집에서 같이 살다가 셋이 독립해 자취 생활을 시작했는데, 같은 대학에 다니는 정연 언니는 곧잘 동생을 시험에 빠지게 했습니다.

"비 오는데 학교 빠지고 대학로에 가자."

"낙엽 지는데 분위기 있는 카페에 가자."

그러나 정미는 절대 수업에 빠지지 않았습니다.

"넌 심장도 없니?"

언니가 뭐라고 하면 정미는 오히려 언니를 야단치듯 말했습니다.

"심장보다 머리가 위에 있어! 언니, 강의 빠지고 재수강하고 싶어? 눈앞에 뻔히 보이는 일을 왜 저질러? 어서 학교 가자."

우리가 오빠네 집에서 지낼 때는 오빠가 사업을 크게 하고 있어서 집에 손님들이 자주 찾아왔는데, 손님이 오면 나와 언니는 방에 앉아 있지 못하고 주방으로 나가 올케를 도왔습니다. 그러나 정미는 방에서 꿈쩍도 하지 않고 공부했습니다. 모든 유혹을 뿌리치고 공부만 했습니다. 심지어 데이트하자고 따라온 남학생을 교통경찰에게 신고해 버릴 정도였습니다. 죽어라고 공부해서 전 학년 올^{all} A 학점을 받았습니다. 등록금은 내본 적이 없습니다.

그때부터 내 동생 정미는 별명이 독종이었습니다. 하도 집에만 틀어박혀 공부만 하니까 우리에게 온 전화는 다 정미가 받아서 내 친구들과 언니 친구들은 정미에게 '바둑이'라는 별명을 붙여주었습니다. 집 지키는 바둑이 말입니다.

정미는 대학 졸업 후에 일본 와세다 대학교로 유학을 갔는데, 일본에서도 독종 소리를 들어가며 공부했습니다. 석사를 마치고 박사 과정에 들어가서는, 논문 작업을 밤새 하다가 온몸이 마비되어서 병원에 실려간 적도 있었습니다. 위경련으로 배를 싸쥐고 뒹군 적도 많았습니다.

그 당시 일본에는 박사 학위를 가진 교수들이 몇 되지 않습니다. 많은 대학에서 코스 박사 제도가 아니라 논문 박사 제도를 시행했는데, 박사 논문을 쓰기 위해서는 연구 실적뿐만 아니라 소위 연륜도 필요하였습니다. 박사 학위가 없는 교수들은 젊고 외국인인 정미가 박사 논문을 준비하는 것을 못마땅하게 여겼습니다. 교수들과 싸우다가 너무 힘들고 고단했던지 어느 날 정미한테서 전화가 왔습니다.

나는 그랬습니다.

"정미야, 너무 힘들면 돌아와."

그 말에 동생은 오히려 정신이 번쩍 들었다고 했습니다. 그냥 돌아가다니! 그건 안 되지! 주먹을 불끈 쥐고 다시 논문 작업에 몰두했습니다.

박사 학위 수여식 때의 단체 사진을 보면, 나이가 지긋한 일본 남자들 속에 젊은 여자 한 명이 껴 있는데, 그게 바로 내 동생입니다.

악바리 내 동생 송정미 교수는 학생들에 대한 애정이 철철 끓어넘칩니다. 수업을 철저하게 준비합니다. 세계 유수의 학자들을 만납니다. 정보를 발 빠르게 학생들에게 전하기 위해서 이런저런 자료를 모읍니다. 뭐가 그렇게 바쁘냐고 묻는 나에게 동생은 늘 똑같이 대답합니다. 공부할 게 천지라고…….

어느 날인가는 학생 때문에 울고 있는 정미를 봤습니다. 왜 그렇게 젊음을 낭비하는지 속이 상해 울음이 터졌다는 것입니다. 겉으로 보기에는 무서운 호랑이 교수지만, 뒤에서 보면 그녀는 눈물도 많고 외로움도 많이 탑니다.

순 독종 호랑이 교수지만 정이 많아서 퍼주기를 좋아합니다. 언니와 내가 가진 것들 중에 비싼 가방이나 지갑은 모두 정미에게서 온 것입니다. 정미는 늘 "맘에 드는 거 다 가져" 하고 입버릇처럼 말합니다.

나는 정미에게 말합니다. 이제 학생들도, 너 자신도 그만 들볶으라고. 그러나 어쩔 수 없다는 것을 알고 있습니다. 내 동생한테는 그게 사랑하는 법이고 사는 법입니다. 학생들을 사랑할수록 동생의 목소리는 높아질 것입니다. 젊음을 낭비하는 꼴을 절대 봐 넘기지 못할 것입니다.

나는 정미에게 배운 학생은 무조건 인정합니다. 어디서나 일 하나는 똑 부러지게 할 것이라는 확신이 있습니다. '정미 사관학교' 졸업생은 똑소리 나게 인생을 살 겁니다. 그렇게 살지 않았다가는 호랑이 교수님한테 눈물 쏙 빠지게 혼이 날 테니까요.

서로가 서로에게
스며들어

  2005년에 95세의 나이로 세상을 떠난 세계 경영학의 아버지 피터 드러커는 이렇게 회고했습니다.

  "나는 작곡가 베르디에게 영향을 받았다."

  베르디는 81세의 나이에 그의 마지막 오페라인 〈팔스타프〉를 작곡했습니다. 〈팔스타프〉는 인생에 대한 열정으로 가득 찬 오페라입니다.

  드러커는 대학 다닐 때 이 오페라를 보고 어떻게 여든 살 노인이 이처럼 강렬한 오페라를 작곡했는지 경이로운 마음을 금치 못했습니다.

  여든 살 노인의 열정에 지면 안 된다고 생각한 드러커는 언제나 열정을 품고 살려고 했고, 베르디처럼 나이가 들어서도 그 열정을 잃지 않았습니다.

베르디처럼 열정에 찬 오페라를 작곡하지는 못했지만, 베르디에게 영향을 받은 드러커는 92세 때 《프로페셔널의 조건 The Essential Drucker on Individuals》이라는 책을 썼습니다.

열정이 시간을 뛰어넘어, 세대를 뛰어넘어 전염이 된 것입니다.

이렇게 열정은 전염성이 아주 강하지요. 주변에 있는 누군가가 악조건을 뛰어넘으며 뭔가를 이루기 위해 열정적으로 살고 있다면 나 역시 힘을 내게 됩니다.

지금 어떤 열정에 전염되셨나요?
또 어떤 열정을 주변에 퍼뜨리고 계신가요?

이혼하지
않으려면

자식들이 아버지를 요양원에 모시자고 해도 "내가 내 남편 모시지 누가 모시냐?" 하며 직접 모시기를 고집하는 제자의 할머니가 계십니다. 허리 수술을 받은 후 허리가 아파 고생하시면서도 치매 남편을 극진히 보살피시는 할머니를 보면서, 제자는 남편에게 화가 날 때마다 자신을 추스르게 된다고 합니다.

대개 할리우드에서는 '이혼이 다반사'라고 인식되곤 합니다. 그런데 의외로 검은 머리가 파뿌리가 되도록 함께하는 해로 커플도 많습니다.

결혼 생활 40년을 향해가는 빌리 크리스털은 이렇게 말했답니다.

"우리는 많은 난관을 함께 극복해 왔다. 나는 아내에게 충실했고 바깥일을 결혼 생활보다 중요하게 생각한 적이 없다."

30년 넘게 결혼 생활 중인 마이클 케인은 또 이렇게 말했습니다.

"서로 상대를 지배하지 않으려 한 것이 비결이다. 아내와 나는 인생 파트너다. 무슨 일이든 50 대 50이다."

리타 윌슨과 20년 넘게 결혼 생활 중인 톰 행크스는 "절대 화난 채로 잠자리에 들지 않는다"고 그 비결을 말했습니다.

'결혼은 미친 짓'이 아니라 '잘한 일이다'를 부르짖고 있는 이 스타 커플들을 보면 '서로 배려하고 서로를 위해 희생하는 정신'이 부부 생활에 있어 최고임을 알게 됩니다.

부부가 서로 갈라서면서 가장 흔하게 하는 말, 성격 차이. 알고 보면 서로 근본적으로 다르다는 것을 인정하지 못하는 데서 오는 것 아닐까요? 부부 생활의 제1조는 '근본적으로 남자와 여자는 다르다'는 것을 인정하는 것입니다. 그런데 그게 참 어렵습니다.

"여자는 현미경으로 들여다봐야 하고, 남자는 망원경으로 바라보아야 한다"는 말이 있습니다. 여자는 마음속에 들어 있는 게 많아서 복잡합니다. 이런저런 생각으로 꽉 차 있어서 남자가 여자를 알려면 섬세한 것까지 다 들여다볼 수 있는 성능 좋은 현미경이 필요합니다. 하지만 남자는 현미경으로 들여다볼 필요가 없습니다. 남자는 단순한 것을 좋아하고 복잡한 것을 딱 싫어합니다. 그래서 현미경으로 들여다봐야 별것 없습니다. 망원경으로 보면 그나마 멋

지게 보이는 남자. 그런데 여자들은 남자를 현미경으로 보려 하고 남자들은 여자를 망원경으로만 보고 있는 게 문제입니다.

　남자가 여자를 사랑할 때, 여자가 남자를 사랑할 때, 그 사람을 보는 마음의 기구부터 먼저 잘 고르는 게 좋을 듯합니다.

　문득 명언 하나가 떠오릅니다.

　헤어지지 않으려면 남자는 여자를 이해하려 들기보다 사랑만 하면 되고, 여자는 남자를 사랑하려 들기보다 이해만 하면 된다는 말……

　"어떤 사람과 결혼해야 돼요?"라고 여학생들이 물으면 나는 이렇게 대답해 줍니다. 영화 〈아이리스〉에 나오는 남편처럼 늙어 치매에 걸려도 끝까지 보호해 줄 만한 그런 남자를 고르라고.

　잘생긴 거 필요 없고, 돈도 필요 없고, 그저 끝까지 사랑해줄 남자면 됩니다.

그렇다면 절대 결혼해서는 안 되는 남자는 어떤 남자일까요?

술 먹으면 돌변하는 남자, 도박하는 남자, 바람기 있는 남자는 결혼 상대자로 낙제점을 줘야 할 것입니다.

경제관념 없는 여자, 즉 낭비벽과 사치벽이 있는 여자, 게으른 여자, 항상 우울한 여자는 결혼 상대자로 노땡큐입니다.

연령, 성별, 사회적 지위, 경제 상태에서 자유로울 수 있는 사람, 편견에 치우치지 않는 사람, 마음속 깊은 곳에서부터 인간성에 부드러운 눈을 돌릴 수 있는 사람, 다시 말하면 진짜 휴머니스트입니다.

이런 사람이라면 그 인연 꼭 붙들어 지켜나가십시오.

약속 지키기
달인

만날 때마다 꼭 먼저 와서 기다리는 드라마 작가 선배가 있습니다. 항상 선배가 먼저 와서 기다리는 게 미안해서 어느 날은 약속 시간보다 20분 먼저 도착했습니다. 그런데도 선배는 미리 나와 있었습니다. 선배에게 왜 그렇게 늘 먼저 와서 기다리냐고 물었습니다. 선배는 이렇게 대답했습니다.

"내가 다른 건 못해도 약속 하나는 잘 지키는 사람이고 싶어서 그러지. 약속 잘 지키는 것도 힘든 일이니까 나도 뭐 하나 힘든 일 잘하는 사람이고 싶어서……."

선배는 드라마 원고 넘기는 것도 단 하루도 어기지 않는 것으로 유명합니다. 선배의 사전에 쪽대본은 없습니다. 선배의 말마따나 요즘 세상에 약속 잘 지키는 일이 얼마나 힘든가요. 그래서 선배가 존경스럽습니다.

에이브러햄 링컨이 대통령 재임 시절에 마차를 타고 켄터키 주를 방문했을 때 일화입니다. 육군 대령이 링컨에게 얼음을 넣은 위스키를 권했지만 링컨은 정중하게 거절했습니다. 잠시 후 육군 대령이 주머니에서 담배 한 개비를 꺼내 링컨에게 다시 권했습니다. 하지만 링컨은 또 한 번 사양하고, 이유를 들려주었습니다.

"아홉 살 때 어머니가 나를 침대 곁에 앉혀 놓고 말씀하셨소. '에이브, 이제 나는 회복이 불가능하단다. 죽기 전에 한 가지 나하고 약속을 해야겠다. 평생 술과 담배를 입에 대지 않겠다고 약속해 줄 수 있겠니?' 그날 나는 어머니께 약속했다오. 그리고 지금까지 그 약속을 지켜왔소. 이것이 바로 술과 담배를 거절하는 이유라오."

육군 대령은 링컨에게 머리를 숙여 존경의 뜻을 표했습니다. 링컨이 국민들로부터 존경을 받는 것도 그렇게 약속을 소중하게 생각했기 때문입니다.

도산 안창호 선생도 약속을 잘 지키기로 유명했습니다.

어느 날 안창호 선생이 어떤 꼬마에게 인형을 사주겠다고 약속을 했다고 합니다. 일본 헌병들이 독립투사를 잡기 위해 혈안이 되어 있을 때, 안창호 선생은 인형을 사서 위험을 무릅쓰고 그 꼬마한테 준 뒤에 일본 헌병에게 잡혀갔다고 합니다. 아주 작은 약속을 지키기 위해 목숨을 걸었던 것입니다.

손가락 걸고 하는 약속, 말로 하는 약속, 서명으로 하는 약속, 눈짓으로 하는 약속……. 그렇게 우리가 하는 약속은 전달하는 방식에서도 참 다양합니다.

작게는 점심 한번 먹자는 약속에서부터 크게는 나라의 헌법에 이르기까지 약속의 종류도 참 다양합니다.

우리가 살아가는 것 자체도 약속의 연속입니다. 잘 다녀오겠다는 약속, 공부 열심히 하겠다는 약속, 집에 올 때 맛있는 거 사오겠다는 약속, 일찍 오겠다는 약속…….

또 스스로에게 다짐한 약속들도 있습니다. 오늘은 꼭 그 일을 처리하자, 오늘은 힘내서 열심히 공부하자, 오늘은 그 친구에게 화해를 요청하자 등등.

어떻게 보면 약속이라는 것은 목숨의 다른 표현입니다. 파란불일 때는 달리고 노란불일 때는 멈출 준비를 하고 빨간불일 때는 정지해야 하고…… 그 약속을 어긴다는 것은 목숨이 위험하다는 것입니다.

미국에서 유학 중인 어떤 학생은 수업 시간에 3분씩 세 번 늦는 바람에 부모를 모셔오라는 소리를 들었습니다. 습관적으로 3분씩 수업에 늦는다는 것은 사회생활에 심각한 지장을 줄 수 있으므로, 아주 심각하게 여기고, 부모에게 문제를 알리기 위해서였습니다. 3분이라도 경시한다는 것은 약속을 지키지 않는다는 의미이니 사회생활이 걱정된다는 교육적인 측면에서 그런 것입니다.

옛날에 약속이라는 개념은 맹세처럼 쓰였습니다. 그래서 함부로 약속하지 않았습니다. 반드시 지켜야 하기 때문에 신중을 기하고, 또 기하곤 했습니다. 지금의 약속은 너무 가볍습니다. 쉽게 하고 쉽게 저버립니다.

약속은 지킨다는 삶의 원칙, 그 기본을 잘 지키는 사람을 곁에 두고 싶습니다. 그리고 닮아가고 싶습니다.

오늘은 내 남은 날들 중에
가장 젊은 날

88세에 마라톤을 하는 할머니가 있었습니다. 2001년, 로마 마라톤 결승점인 콜로세움에서는 케냐의 헨리 케로노가 1위로 결승 테이프를 끊은 지 다섯 시간이 지나도록 시민들이 자리를 뜨지 않았습니다. 페냐 크라운 할머니, 증손녀까지 있는 88세의 할머니 마라토너를 기다리고 있었기 때문입니다.

마침내 호호백발의 크라운 할머니가 구부정한 허리로 가쁜 숨을 가다듬으며 7시간 30분 만에 결승선을 통과하자 사람들의 입에서 탄성이 쏟아져 나왔습니다. 최고령 여성 마라토너 할머니의 생애 여덟 번째 풀코스 완주였습니다. 세 차례나 재발한 암과의 싸움에서 승리한 의지의 마라토너 할머니는 원래 육상 선수도 아니었습니다. 취미로 하이킹을 즐기는 정도였을 뿐. 그런데 70세가 되던

1983년, 할머니는 마라톤 풀코스 완주를 인생의 목표로 세웠습니다. 그래서 매일 5킬로미터를 달리며 훈련했고, 6개월 뒤 LA 마라톤 대회에서 4시간 47분의 기록으로 풀코스를 완주했습니다.

그 후 세 번의 수술을 하며 암과의 힘겨운 싸움을 해야 했습니다. 그래도 할머니는 달리기를 멈추지 않았습니다. 할머니는 로마 대회를 마지막으로 은퇴하면서 이런 말을 남겼습니다.

"늙었다고 주저하지 말고 당신이 원하는 것이라면 무엇이든지 도전해야 합니다."

나이를 떠나 젊게 사는 사람은 이 할머니 말고도 많습니다.

여권 운동가인 글로리아 스타이넘은 기자가 "나이 50을 맞은 느낌이 어떤가요?"라고 묻자 이렇게 대답했습니다.

"젊은 시절보다 더 행복합니다. 과거보다 덜 혼란스럽고 내가 하고 싶은 일을 더 잘 알게 됐기 때문입니다."

그러면서 또 이렇게 덧붙였습니다.

"나는 디스코와 탭댄스, 특히 브레이크댄스를 배우고 싶습니다. 50이라는 나이가 당혹감을 주기보다 오히려 100세까지 살고 싶은 의욕을 갖게 합니다. 지나간 50년보다 다가올 50년이 더 좋을 것 같습니다."

나이는 숫자에 불과하다는 사실을 온 세상에 알리는 사람들은 참 많습니다. 자전거를 타는 98세의 로맨티스트 할아버지, 노래방에 가는 걸 즐기는 97세의 할아버지, 예쁘게 꽃단장하고 산으로 들로 다니시는 95세의 할머니……. 서울시가 서울대학교 노화·고령 사회연구소에 의뢰해서 펴낸 장수 보고서를 보면 서울에 사는 95세 이상 노인들 대부분이 이렇게 감정 표현을 잘하고 적극적이라고 합니다.

나이를 탓하면서 무슨 일을 시작하는 것을 주저하는 사람들도 많고, 이제는 사진도 찍기 싫다고 하는 사람들도 많습니다.

그러나 오늘은 내 남은 날들 중에 가장 젊은 날입니다.

오늘은 내 남은 날들 중에 가장 멋지고 예쁜 날입니다.

알바의
왕

이씨는 사업을 하다가 수억 원의 빛을 지게 됐습니다. 처갓집 땅다 팔아먹고, 형제들 돈까지 다 가져다 썼지, 가정에도 소홀히 했지, 그야말로 인생 바닥을 치는 기분이었습니다.

그러나 그대로 주저앉아 있을 수만은 없었습니다. 벌떡 일어나일거리를 찾아다녔습니다. 밤 12시가 되면 24시간 사우나로 가서매일 두 시간씩 청소를 합니다. 사우나 청소가 끝나면 곧장 수백 세대의 아파트에 신문을 돌립니다. 아침에는 떡 배달, 오후에는 학원차 운전, 저녁에는 다시 떡 배달을 합니다. 그러는 사이사이 신문 판촉과 폐지 수집을 합니다. 너무 많이 오르락내리락하는 바람에 그가 타고 다니는 차의 의자 덮개가 터져버렸습니다.

밤 9시가 되면 마지막 아르바이트로 전주에서 군산까지 떡 배달을 합니다. 가다가 잠이 쏟아지면 차에서 내려 소리를 칩니다. 고함을 지르다 보면 어느덧 잠은 깨고, 다시 운전을 할 수 있게 됩니다.

천근만근 무거워진 몸을 이끌고 그는 다시 사우나로 갑니다. 청소를 하기 전, 보일러실 한편에서 자는 단잠은 겨우 한 시간짜리 잠입니다. 한 시간 뒤에 다시 하루를 시작하는 것입니다.

"잠자는 것이 아니라 죽어버린 것 같아요. 정말 잠이 맛있어."

그렇게 하루 일곱 개 정도의 아르바이트를 해서 번 돈은 한 달에 450만 원 정도. 그 돈은 대부분 빚 갚는 데 사용됐습니다. 이런 생활이 벌써 10년……. 드디어 마지막 남은 빚 100만 원을 송금했습니다. 이로써 빚 3억 5천만 원을 모두 갚았습니다.

빚을 모두 갚은 날, 그는 하염없이 눈물을 흘렸습니다. 20만 원짜리 월세방을 벗어나 아내와 단둘이 살 수 있는 전세방을 얻는 게 새로운 꿈입니다.

TV 다큐멘터리에서 알바의 왕인 이씨를 보다가 생각했습니다. 그가 24시간 쉼 없이 일할 수 있는 힘, 그건 소박한 꿈 덕분이었습니다. 오직 가족과 함께 지내고 싶은 꿈, 그 꿈을 위해 그는 달릴 수 있었습니다.

사랑하는 이와 함께하는 지금 이 순간은 이미 꿈을 이룬 시간입니다. 가족과 마주 볼 수 있는 이 시간이 인생 최고의 순간입니다.

할머니
생각

영화 〈집으로〉를 보면서 우리 할머니 생각이 나서 참 많이 울었습니다.

할머니는 언제나 토종닭을 잡아 백숙을 끓여주시곤 했습니다. 닭고기를 손으로 찢어서 손녀 입에 넣어주며 흐뭇하게 보시던 할머니 모습이 지금도 잊히지 않습니다.

할머니는 고향에서 '보살님'으로 통했습니다. 길에 다니는 불쌍한 사람을 보면 집으로 데려와서 따뜻한 밥을 먹여 보내셨고 부모가 밭에 일을 나가 씻지도 못하고 지저분한 아이들을 보면 집에 데려와 깨끗이 씻겨서 보내곤 하셨습니다. 맛있는 음식을 하면 넉넉하게 해서 이웃에게 나눠주셨습니다.

아흔을 훌쩍 넘긴 연세에 돌아가실 때까지 할머니는 편안히 노신 적이 없으십니다. 아들과 딸의 집을 오가며 집안일을 도우셨고 틈틈이 일거리를 찾아 부업을 하셨습니다.

나태해지려 할 때마다 할머니 생각을 합니다. 그리고 이웃에 무관심해지려 할 때도 헐벗은 이웃을 돌아보시던 할머니 생각을 합니다. 할머니와 같이 지냈던 세월은 그렇게 나의 인생에 많은 영향을 미쳤습니다.

우리 사회는 이미 고령화 시대로 접어들었지요. 고령화 시대의 가장 큰 문제는 노인들이 느끼는 소외감일 겁니다. 실버 산업이 미래 산업으로 떠오르면서 공기 좋고 물 좋은 시골이나 교외에 노인용 아파트나 양로원을 짓곤 합니다. 그러나 노인들은 오히려 젊은 이들이 많이 모이는 도심 지역에서 거주하고 싶어 한다는 조사 결과도 나왔습니다.

사람들이 만들어내는 풍경 중에서 연인이나 부부가 서로 손잡고 걸어가는 풍경도 아름답고, 친구들끼리 삼삼오오 짝을 지어 가는 풍경도 아름답습니다. 그러나 가장 아름다운 풍경은 할아버지와 손자, 할머니와 손녀…… 이렇게 세대를 넘어서서 함께하는 풍경인 듯합니다.

할아버지와 할머니, 손자들이 윷놀이를 할 때는 언제나 손자들이 이기지요. 할아버지와 할머니는 손자들이 귀여워서 져주려고 하시지만 손자들은 꼭 이기려고 안간힘을 쓰기 때문입니다. 그래서 내리사랑이라는 말이 있는 걸까요? 아무리 윗세대를 이해하고 사랑한다고 해도, 부모님이나 조부모님의 자식·손자 사랑을 따라가지는 못할 겁니다.

울타리 너머로 아이들 웃음소리와 함께 할아버지, 할머니의 웃음소리가 퍼져가는 가정, 삼대가 함께 모여서 사는 가정…… 이제는 정말 연속극에서만 볼 수 있는 장면일까요?

그 사람의 말을
전할 때는

누군가가 퍼뜨린 괴소문 때문에 곤욕을 치른 후배가 정신과 치료까지 받아야 했던 사실을 털어놓았습니다. 누군가가 별 뜻 없이 퍼뜨리는 악담이 한 사람의 인생을 망치는 일, 안타깝게도 주변에서 많이 보게 됩니다.

우리가 살아가는 사회에는 '이 사람'과 '그 사람', '저 사람'이 있지요. 그런데 '이 사람'이라고 지칭되는, 자신과 가까운 이에 대해서는 대체로 너그러운 면이 있습니다. '그 사람'이라고 지칭하는 사람은 지금 눈에 안 보이는 상대이기 때문에 맘껏 생각을 부풀립니다. 극도의 사랑이거나, 극도의 미움이거나, 극도의 환상이거나, 극도의 과장이거나, 어떤 감정이라도 '그 사람' 말을 할 때는 농도가 짙게 들어가 있게 마련입니다.

그렇다면 '이 사람'도 '그 사람'도 아닌 '저 사람'에 대해서는 과연 어떤 말들을 하게 될까요?

저 사람…… 근거리에 있는 어떤 대상을 지칭하는 이 말은 바로 옆에 있는 사람에게 수군댈 때 많이 쓰는 말입니다. "저 사람이 그렇다더라" 하는 말에는 은밀한 소문과 추측이 들어가 있습니다.

음식에 단맛만이 아니라 짠맛, 신맛, 쓴맛이 필요한 것처럼 우리가 하는 이야기에도 여러 가지 양념이 첨가되어야 맛있는 것은 사실입니다. 하지만 먹을 때는 맛있지만 뒷맛이 좋지 않은 음식처럼 이유 없이 자극적인 이야기들은 그 여운이 불편합니다.

내가 한 말은 지구 한 바퀴를 돌면서 확대되어 나에게 다시 돌아온다고 하지요. 타인에게 손가락질을 할 때 검지 하나는 타인을 향해 있지만 다른 손가락들은 모두 나를 향합니다. 또 남을 향해 쏘아 올린 화살도 되돌아와 내 가슴에 명중합니다.

말로 입은 상처는 평생 갑니다. 말에는 지우개가 없으니 지울 수도 없습니다. 사회가 복잡해질수록 감미로운 미풍보다는 거친 바람이 귓가에 와 닿는 경우가 많습니다. 이왕이면 '그 사람', '저 사람'을 이야기할 때 아름다운 말을 전했으면 좋겠습니다. 다정하고 따뜻한 말들이면 좋겠습니다.

한국 사람
참 좋아요

친구가 태국으로 여행 갔을 때 일입니다. 친구는 방콕 시내를 구경하기 위해 혼자 이곳저곳 다니다가 그만 가방을 통째로 소매치기당하고 말았습니다. 여권이며 지갑이며 휴대전화까지 다 들어 있었는데 한꺼번에 모두 잃어버리자 생면부지 태국에서 공포까지 느꼈습니다.

일행과 떨어져 나와 혼자 관광을 하겠다고 설쳐댄 것이 후회스러워 미칠 것만 같았습니다. 지나가는 사람들을 붙잡고 짧은 영어로 말을 걸어봤지만 모두 말이 통하지 않았습니다. 막막한 심정에 그만 털썩 주저앉아버렸습니다.

그때였습니다. 30대의 한 태국 남자가 다가와 떠듬떠듬 서툰 한국어로 말을 걸어왔습니다.

"저…… 한국 사람이세요?"

뜻밖의 한국말에 친구가 반가워 눈을 크게 뜨며 물었습니다.

"어? 한국말 할 줄 아세요?"

태국 남자는 한국에서 1년 정도 지냈다고 했습니다.

친구는 구세주를 만난 듯 소매치기를 당한 사정을 이야기하고 도움을 청했습니다. 태국 남자는 친구를 일단 경찰서로 데려가주었고, 일행과 연락이 닿도록 도와주었습니다.

"왜 이렇게 도와주신 건지 궁금합니다."

고마운 마음에 친구가 태국 남자에게 물었습니다. 태국 남자는 짧게 대답했습니다.

"한국 사람 참 좋아요."

천신만고 끝에 여권을 찾아 한국으로 돌아오기 전에 친구는 그 태국 남자가 적어준 연락처로 전화를 걸었습니다. 그리고 그를 다시 만나 작은 선물을 건네며 감사하다고 몇 번이고 말했습니다. 그러자 태국 남자가 이렇게 말했습니다.

"내가 한국에 있는 동안 힘든 일을 참 많이 겪었어요. 그때 저에게 친절하게 대해준 한국 사람들이 있었어요. 그 고마움을 한국 사람에게 조금이라도 갚을 수 있어서 다행입니다. 그러니까 저한테 고마워하지 마시고 그때 저에게 잘해주었던 한국 사람들에게 고마워하세요."

태국 남자는 힘든 고비를 넘게 해준 따뜻한 한국인의 마음을 아직도, 아니 영영 잊지 못할 것 같다고 했습니다. 그래서 한국 사람을 보면 도와주고 싶다고 했습니다.

친구는 생각했습니다.
'만일 그 태국 남자에게 한국인에 대한 좋지 않은 감정이 있었다면 나는 어떻게 되었을까.'
문득 낯선 나라 사람에게 따뜻한 사랑을 베풀었던 그 한국 사람들이 알 수 없는 타인이지만 정말 고마웠습니다.

꼴찌의
철학

친구의 아들은 참 선한 얼굴을 하고 있습니다. 성격이 좋아서 친구도 많고, 부모 속을 썩인 적도 없습니다. 그런데 공부를 잘하지 못합니다. 아들의 등수로 전교 학생 수를 파악할 정도입니다.

어느 날 친구가 슈퍼마켓에서 소고기를 샀는데 아들이 냉장고에 정리하는 것을 도와주다가 말했습니다.

"엄마, 우리도 소고기 1등급 좀 먹어보자."

마침 그날 성적표가 나온 날이라 친구는 자기도 모르게 버럭 소리를 질렀습니다.

"네 성적에 맞춰서 9등급을 사려고 했는데 아무리 찾아도 없길래 그냥 3등급 사왔다. 왜!"

할 말이 없는지 아들이 고개를 푹 숙이고 방으로 들어갔습니다. 너무했나 싶어서 아들 방으로 간 친구가 말했습니다.

"야, 그런데 너 등수 좀 올랐더라? 280등에서 265등이라니! 열다섯 명이나 앞섰잖아. 대단해, 우리 아들."

그러자 아들이 금세 신나서 말했습니다.

"헤헤, 이러다 나 전교 1등 하는 거 아냐?"

어이쿠, 할 말이 없어진 친구는 이렇게 말했습니다.

"1등 천천히 해. 엄마 기절할라."

아들의 어깨를 툭툭 쳐주고 거실로 나서면서 친구는 저도 모르게 풋, 웃음이 났습니다.

어쩌겠습니까, 아들 마음 생김새가 그런 것을…….

아들은 축구를 할 때에도 늘 골키퍼를 하겠다고 합니다. 그 이유를 물으면 이렇게 대답합니다.

"아이들이 다 나한테 달려오는 것을 볼 수 있어서 좋아요."

꼴찌를 해서 아이들에게 놀림을 받았다고 어깨가 축 늘어진 날, 아들에게 이렇게 말해줬습니다.

"꼴찌 그거 아무나 못한다. 꼴찌의 자리가 얼마나 아름다운 자리인지 아니? 앞이 아닌 뒤에서 앞에 있는 모든 것들을 바라볼 수 있는 자리잖아."

공부 1등 하면서 인간미 없는 학생보다 꼴찌이지만 인간미 넘치는 아들이 정말 좋다고 친구는 아들 자랑을 실컷 합니다.

1등보다 꼴찌가 아름다운 이유, 앞자리보다 뒷자리가 정겨운 이유, 그 자리에 서면 '내게로 오는 사람'이 보이기 때문입니다. 그 자리에 서면 '내가 다가가야 할 마음'이 보이기 때문입니다.

물론 1등보다 꼴등이 좋다고는 할 수 없지만, 그래도 나름대로 모두 그 자리의 가치는 있는 거겠지요. 특히 인간적인 따뜻함은 언제나 중심의 자리에서 비켜난, 구석의 자리에 있는 듯합니다.

그래서일까요. 하루 중의 시간도 저녁 시간이 좋습니다. 시간의 중심에서 약간은 비켜난 구석의 시간, 그래서 더 정감이 있는 시간이 참 좋습니다.

리액션과
미액션

감성이 풍부한 내 친구는 날씨가 흐리면 흐린 대로, 비 오면 비 오는 대로, 맑은 날은 맑은 날대로 다 좋은 날씨라고 표현합니다. 그리고 아주 사소한 일에도 자주 감동하고 자주 감탄합니다.

"완전 좋아!" "정말 고마워."

무슨 말을 하면 즉각 반응하며 감탄사를 터뜨립니다.

"진짜?" "정말?"

아주 작은 선물을 해도 "아, 정말 고마워" 하며 눈물까지 반짝입니다.

그녀는 리액션reaction의 대가입니다.

그러나 어떤 선물을 해도 아무 반응이 없고, 어떤 말을 해도 무반응인 사람들, 미액션未action의 대가들도 참 많습니다. 그 마음에 고

마음이 담겼을지, 아쉬움이 담겼을지, 무엇인가를 건넨 사람은 불안하고 안타깝습니다. 그래서 미액션의 대가들과는 별로 친하고 싶지 않습니다.

우리 안에는 차가운 이성과 뜨거운 감성이 공존하지만 친구는 특히 감성 뇌가 활발하게 작동합니다. 꽃향기를 맡고, 나뭇잎의 율동과 하늘의 구름 쇼를 보는 것만으로도 감탄사를 터뜨리곤 합니다. 그래서 그 친구 별명은 '만년 소녀'입니다.

그 친구는 실제로 나이를 잊고 사는 듯 보입니다. 그래서인지 피부가 맑고 동안입니다. 그렇게 감동하는 일이 많고 감탄사를 터뜨릴 일이 많으니 그 친구는 건강도 좋습니다. 행복한 일투성이니 아플 일이 없습니다.

어느 외국 언론에서 음악가들의 수명을 조사해 보았다고 합니다. 19세기 말까지 탄생한 음악가 214명의 수명을 조사한 결과, 지휘자의 평균 수명이 76세, 피아니스트가 73세, 바이올리니스트가 70세로 대부분 장수했다고 합니다. 그뿐만 아니라 그들은 세상을 떠나기 직전까지도 음악 활동을 멈추지 않았다고 합니다.

사람의 대뇌는 좌뇌와 우뇌, 두 부분으로 그 기능을 나눌 수 있습니다. 왼쪽 대뇌는 계산·논리·언론·언어 기능을 갖는 '이성 뇌'이고 오른쪽 대뇌는 정서·감정·미의식 등 비논리적 기능을 담당하는 '감성 뇌'입니다.

학교에서 우등생인 사람들은 대부분 좌뇌인 이성 뇌를 사용하는 사람이고, 사회에서 승진하고 출세하는 사람들 역시 대부분 우수한 좌뇌 소유자들입니다. 좌뇌가 우수한 사람들은 계속 긴장하며 살고 투쟁 본능이 강하다고 합니다. 그래서 성공은 빠를지 몰라도 병에 노출될 위험이 많다고 하지요.

반면에 감성적이고 창조적인 우뇌가 발달한 사람들 중에는 인류 예술 역사에 훌륭한 업적을 남긴 사람들이 많습니다.

'감성 뇌'가 발달한 사람들은 장수를 했고, '이성 뇌'를 자주 사용하는 사람들은 비교적 수명이 짧다는 것이 연구 결과로 나와 있습니다. 그런 점에서 감성이 풍부한 사람은 장수의 체질을 타고난 셈입니다.

언제나 소녀처럼 감탄사를 터뜨리고 아주 작은 일에도 감동하는 친구. 그래서 그 친구는 자주 만나고 싶고 자주 통화하고 싶어지는 친구입니다. 감동의 기를 받게 되니까요.

인생의
가장 무서운 적

일흔이 넘은 나이에 중국어 공부를 시작한 분을 만났습니다. 그 연세에 새로운 언어를 공부하는 게 어렵지 않느냐고 물었습니다. 그랬더니 이렇게 대답하더군요.

"새로운 걸 배우는 게 왜 어렵나? 아무것도 하지 않는 것이 힘든 것이지."

그분은 은퇴한 후에도 한가함을 누리지 않았습니다. 새롭게 운전면허에 도전했고 새롭게 탁구를 치기 시작했습니다. 그리고 이제 외국어에 도전한 것입니다. 그러더니 "앞으로는 독학으로 피아노를 배워볼까 해"라고 했습니다.

그는 이렇게 말했습니다.

"너무 편하면 늙게 된다는 것을 알았어. 처음 말을 배우던 때의 그 어린아이 같은 호기심을 회복하고 싶어."

그는 인생의 가장 큰 적이 권태라는 것을 일찍이 깨달았습니다.

새롭게 요리를 배우고, 새롭게 운전을 배우고, 새롭게 그림을 배우고, 새롭게 춤을 배우고, 안 읽은 책을 읽고, 듣지 않던 음악을 듣고…… 그렇게 자신이 하지 않은 일을 해보는 것, 새로움에 도전하는 것, 그것이 곧 생의 활력을 찾는 비결이 아닐까요?

세상에서 제일 무서운 것은 가난도 아니고, 세월도 아니고, 권태라고 합니다. 지금 혹시 나른한 권태에 빠져 있다면, 그리고 나태해지려고 한다면, 자신에게 숙제를 하나 내보는 건 어떨까요?

"새로운 그 어떤 시도를 해볼 것!"

인생의 저녁을
함께

어린 시절, 동네 골목은 노는 아이들로 항상 북적였습니다.

남자아이들은 딱지치기, 구슬치기를 하느라 여념이 없었고, 여자아이들은 고무줄놀이, 소꿉놀이를 하느라 흥이 났습니다. 그러다 보면 어느새 날이 어둑해지고 이 집 저 집에서 아이들 부르는 소리가 들렸습니다. "밥 먹어라!" 하는 그 소리에 같이 놀던 친구들은 저마다 집으로 돌아갔습니다.

아이들이 놀던 곳에는 소꿉놀이하던 것들이며 딱지치기, 구슬치기하던 것들이 어지럽게 남겨지곤 했습니다. 아이들이 놀던 발자국과 함께 말입니다.

어린 시절에는 그렇게 어머니가 "밥 먹어라" 하고 부르는 소리가

저녁을 알리는 시간이었습니다.

우리 인생에도 저녁이 찾아올 텐데, 그 시간을 어머니처럼 따뜻하게 알려주는 이가 있으면 좋겠다는 생각이 듭니다.

어두워지는 줄도 모르고 놀던 어린 시절처럼 시간 가는 줄 모르고 신나게 삶을 누리고 싶다는 생각이 듭니다.

갈릴리
호처럼

　나보다 훨씬 변화에 빨리 적응하는 선배가 있습니다. 환갑을 넘겼는데도 소녀처럼 세상의 변화에 민감합니다. 그녀는 계절의 변화에도 민감하고 유행의 변화에도 아주 빠르게 적응합니다. 그녀는 단연 감성 얼리어답터입니다. 그래서 그녀를 만나면 마치 10대 소녀를 만난 것처럼 들뜨고, 나까지 소녀 시절로 돌아가 까르륵까르륵 웃게 됩니다.

　이스라엘에는 호수가 두 개 있다고 하지요. 그중 하나는 갈릴리 호湖, 또 하나는 사해死海입니다.
　갈릴리 호는 물고기들이 헤엄쳐 다니고, 초록빛 물보라가 방파제를 수놓고, 그 옆으로 사람들이 집을 짓고, 새들도 둥지를 트는……생명이 가득한 곳입니다.

그러나 사해에는 물고기도 없고, 근방에 초록빛 나무도, 새들의 노래도 없습니다. 똑같이 요르단 강이 흘러 들어가는데도 하나는 살아 있고, 하나는 죽어 있습니다. 그 차이는 무엇일까요?

갈릴리 호는 요르단 강을 받아들이지만 그것을 가두지 않고 다시 흘려보냅니다. 받는 만큼 물을 내보내는 것입니다. 그러나 사해는 강물을 받아들이기만 하고 내보낼 줄 모른다고 합니다. 받기만 하고 주지를 않는 것입니다. 그래서 죽은 물입니다.

이스라엘에 두 종류의 호수가 있는 것처럼 세상에는 두 종류의 사람이 있습니다. 그중에 우리는 갈릴리 호일까요, 사해일까요?
쾌쾌하게 묵은 것을 버리고 새로움을 받아들이는 변화의 감각, 그리고 받으면 줄 줄 아는 봉사의 감각, 인생을 팔팔하게 살아가는 필수 조건입니다.

멀리 가려거든
함께 가라

빨리 가려거든 혼자 가라.

멀리 가려거든 함께 가라.

빨리 가려거든 직선으로 가라.

멀리 가려거든 곡선으로 가라.

외나무가 되려거든 혼자 서라.

푸른 숲이 되려거든 함께 서라.

인디언 속담처럼 멀리 가기 위한 방법은 함께 가는 길, 그러니까 '상생' 말고는 없습니다.

'상생'은 한마디로 일방통행이 아닌 '쌍방통행'의 의미입니다. 내가 살아야 네가 살고, 네가 살아야 내가 살아가는 서로 살기…… 그것이 바로 상생입니다.

한때 탈냉전의 기류를 타고 세계적으로 '공생'이라는 말이 유행했던 때가 있습니다. 적자생존의 피비린내 나는 정글의 법칙이 아니라 서로 도와가며 공존하는 자연의 현상에 더 주목하게 된 것입니다.

알고 보면 정글은 평화와 생명이 화음으로 울려 퍼지는 오케스트라의 연주회장과 같다고 하지요. 그렇게 공생 관계로 살고 있는 동물로는 무엇이 있을까요?

목이 길어서 슬픈 짐승 기린은, 몸에 붙어 있는 진드기 같은 기생충을 잡을 수 없습니다. 그것을 찌르레기가 잡아주는데, 물론 그냥 봉사하는 게 아닙니다. 찌르레기에게 기린은 '움직이는 목장'입니다. 기린은 먹이의 공급원, 찌르레기는 반가운 청소부, 이렇게 공생 관계를 맺고 살아갑니다.

악어와 악어새도 공생 관계입니다. 악어새는 악어의 이빨 사이에 있는 고기 찌꺼기를 먹고삽니다. 악어는 개운해져서 좋고 악어새는 배가 불러서 좋습니다. 이렇듯 공생 관계에 있는 동물은 참 많습니다.

우리 선조들은 생물학 용어인 '공생' 대신 '상생'이라는 말을 썼지요. 우리는 예부터 '계'와 '두레'를 통해 상생 문화를 생활화했습니다. 서로 조화를 이뤄가며 원원win-win하는 상생. 사실 실천하기가 쉽지는 않습니다.

'상생'에서 가장 중요한 것은 "나만 잘났으니 너는 더부살이나 해라" 식의 더부살이 공생이 아닐 겁니다. 나와 네가 평등하게 어깨를 맞대고 살아가는 '서로 살기'가 진정한 '상생'입니다.

돌아보면 관계의 가장 큰 문제점은 여기에 있습니다. 내가 유리한 것, 내가 많이 가지는 것, 내가 먼저 하는 것, 그렇게 '나 먼저', '내가 많이'를 추구하다 보면 관계가 평화로울 수 없겠지요. 이기심의 현장은 더 이상 희망의 세계가 될 수 없음을 기억하길 바랍니다.

가장 어려운 게 인간관계라고들 합니다. 삶의 거친 전쟁터에 서 있는 분들에게 가장 필요한 인간관계의 원칙. 흔히들 말하지만 참 어려운 그 원칙은 바로 '혼자 잘살겠다'가 아니라 '함께 잘살자'는 '원원'입니다.

4장

아름다운
풍경,
사람

I love
myself

회사를 경영하는 지인은 아침 조회 때마다 직원들에게 이렇게 외치게 합니다.

"나는 중요한 사람이다!"

자기최면처럼 '내가 굉장히 중요한 사람이다'라고 생각하는 사람은 그 생각만큼 역할을 한다는 것이 지인의 생각입니다.

어떤 전문가가 한 사람이 지니고 있는 가치를 환산해 봤다고 하지요. 그랬더니 한 사람의 가치가 계산기와 복사기, 카메라, 비디오와 비디오테이프, 냉난방기, 슈퍼컴퓨터와 같다는 결론이 나왔다고 합니다. 그런데 한 대가 아닌 1천 대에 해당한다고 합니다.

사람이란 그 잠재력 면에서 굉장히 위대한 존재입니다. 그럼에도 나는 아무것도 아니다, 내 인생은 보잘것없다는 자괴감에 싸여 지내는 사람들이 얼마나 많은가요.

"인생은 잔치인데, 대부분의 바보들은 굶어 죽어간다."

어떤 작가가 이런 말을 했지요. 우리의 삶에는 알고 보면 먹을 것도 많고 즐거운 것도 많은데, 그 맛을 느끼지 못하고 심심하게 살아가는 것을 꼬집어 한 말입니다.

작가 딜런 토머스는 이런 말을 했습니다.

"누군가 나를 지루하게 한다. 그것이 나인 것 같다."

결국 지루한 인생은 자기 자신이 만든다는 말입니다. 반대로 신나는 인생을 만드는 것 또한 자신에게 달려 있습니다.

자신의 마음과 삶의 방식에 따라 인생은 천국일 수도 지옥일 수도 있다는 점, 결국 내 인생의 주인은 바로 나 자신이라는 점을 기억하고 싶습니다.

즐겁게 살기 위해서 나 자신을 사랑하고 싶습니다. 'I love you!'를 외치기 전에 'I love myself!'를 먼저 외치고 싶습니다.

99세!
이제 시작이야

어머니는 이제 아흔을 훌쩍 넘기고 중반에 들어섰습니다.

"내가 빨리 죽어야 할 텐데, 니들 힘들게만 해서 어떡하니"라고
하시는 어머니에게 이 시를 읽어드렸습니다.

아흔여덟 살에도 사랑은 한다고
꿈도 꾼다고
구름이라도 오르고 싶다고

어머니가 좋아하시며 "누가 쓴 시야?" 하십니다.

"이 시를 쓸 때 이 시인은 102세였어요. 엄마는 이 할머니에 비하
면 새댁이야, 새댁."

어머니가 환하게 웃으십니다. 또 한 편 읽어드렸습니다.

있잖아
불행하다고 한숨짓지 마

햇살과 산들바람은
한쪽 편만 들지 않아

꿈은
평등하게 꿀 수 있는 거야

나도 괴로운 일
많았지만
살아 있어 좋았어

너도 약해지지 마

92세의 나이에 처음 시를 썼고, 98세에 첫 시집《약해지지 마》를
발간한 일본의 시바타 도요 할머니. 도요 할머니는 시를 공부한 적
이 없습니다. 그런데 아흔이 넘어 쓴 시가 6천 대 1의 경쟁률을 뚫고
산케이 신문 1면 '아침의 노래' 코너에 실리게 됐습니다. 솔직하고
순수한 시에 심사 위원들이 매료된 것입니다.

신문에서 도요 할머니의 시를 읽고 독자들이 늘어났습니다. 그 독자 중의 한 명이던 어떤 출판사 편집자의 끈질긴 설득 끝에 마침내 시집을 출간하게 됐고, 그 시집은 대단한 인기를 얻었습니다.

100세가 넘도록 시를 쓰며 살았던 도요 할머니. 2013년 돌아가실 때까지 왕성한 호기심을 잃지 않았다고 합니다. 100세를 넘긴 나이에 "나도 인터넷을 해보고 싶다"며 의욕을 보였고, 아침에 일어나면 매일같이 화장을 하고 멋진 모자를 썼다고 합니다.

92세에 처음 시를 쓰고, 98세에 첫 시집을 낸 100세의 신인 작가를 보면서도 이젠 너무 늦었다고 한탄할 수 있을까요? 이젠 너무 늙어버렸다고 주저앉을 수 있을까요?

책을 읽을 때 가장 재미있는 부분은 후반 부분입니다. 스포츠에서도 후반전이 흥미롭고, 과일을 먹을 때 첫맛도 신선하지만 끝으로 갈수록 육즙이 풍부하고 달콤합니다.

인생도 그런 것 아닐까요? 25세까지는 연습 기간, 50세까지는 전반전, 75세까지는 후반전, 100세까지는 연장전이라고 합니다.

인생의 황금기는 오히려 후반전이라는 사실을 기억하면서, 중반기까지 별 볼 일 없던 인생이라면 하반기에 화사한 꽃다발을 기대해 봐도 좋겠습니다.

세월을 낚는
어부

　겨울 바다를 혼자 산책할 때였습니다. 겨울 바다에서 한 낚시꾼을 만났습니다. 눈이 내려 하얗게 뒤덮인 모래밭에 휴대용 의자를 내어놓고 거기 앉아서 바다에 낚싯대를 드리우고 있었습니다.

　한동안 지켜보니, 움직임 없이 앉아 있는 그가 바다를 보는 것인지 낚싯대를 보는 것인지 알 수 없었습니다. 그가 낚는 것이 고기인지 세월인지도 알 수 없었습니다.

　사실 낚시를 하는 사람에게 "고기 많이 잡으세요" 하고 말하는 것은 실례되는 말이라고 하지요. 어떤 이는 "제가 어부입니까?" 이렇게 말하면서 쓴웃음을 짓는다고도 합니다. 대신 그들은 서로 이런 말을 나눈다고 합니다.

　"손맛 많이 느끼고 가십시오."

손맛을 느끼는 것, 바로 그것 때문에 낚시꾼들은 주말이나 휴일이면 낚시 도구를 챙겨들고 강으로, 바다로 나갑니다.

우리가 사는 일도 다르지 않겠지요.
인생의 재미가 과연 무엇을 '벌어들이는 데'만 있는 걸까요?
낚시꾼이 손맛 때문에 낚시를 하는 것처럼 우리는 인생의 손맛을 느끼기 위해 살아가는 것인지도 모릅니다.

낚시꾼들에게 가장 필요한 것은 '기다림'이라고 합니다.
기다리는 것을 잘하는 사람은 결국 낚싯대 끝으로 전해지는 찌의 미세한 움직임을 손안에 느낄 수가 있습니다. 하지만 기다리지 못하는 조급한 낚시꾼은 서둘러 장비를 챙겨 일어나고 맙니다.

기다리는 동안에 다가오는 설렘, 희망, 그 후에 느끼는 보람······
그게 인생의 손맛이겠지요.

설렘과 기대, 희망과 위로 그리고 보람······ 그런 인생의 손맛을 잘 느끼고 계시는지요.

붕어빵
가족

아버지와 큰오빠는 참 닮았습니다. 목소리도 비슷했습니다. 아버지가 워낙 자기 관리에 철저한 분이라 항상 젊어보였기 때문에 큰오빠와 형제처럼 보이거나 쌍둥이처럼 보이기도 했습니다.

아버지와 꼭 닮아서 난처한 적이 큰오빠에게는 몇 번 있었습니다. 큰오빠가 대학 다닐 때 방학에 집에 온 큰오빠에게 여자 동창생이 전화를 걸어왔습니다. 아버지가 전화를 받으셨습니다.

"여보세요."

아버지의 목소리가 큰오빠와 똑같은지라 여자 동창생이 큰오빠인 줄 알고 말했습니다.

"야, 너 바닷가로 나오라니까 왜 안 나오냐?"

아버지가 모른 척하고 물으셨습니다.

"바닷가 어디?"

"몰라? 그때 우리가 만난 데 있잖아. 외돌괴 바위."

그제야 아버지가 호통을 치셨습니다.

"어헛! 학생들이 공부는 안 하고!"

놀란 여자 동창생은 얼른 전화를 끊었습니다. 그날 큰오빠는 아버지 앞에 무릎 꿇고 앉아 반성문을 써야 했습니다.

이런 일도 있었습니다. 역시 대학 다닐 때 큰오빠 친구들이 우리집 대문 앞으로 몰려왔습니다. 아버지가 마루에 서 계시는데, 대문에서 마루까지의 거리가 꽤 되어 친구들이 아버지를 큰오빠로 착각하고 물었습니다.

"야, 니네 히틀러 어디 갔냐?"

그 말에 아버지가 "어험!" 헛기침 소리를 내셨고, 큰오빠 친구들은 혼비백산 도망을 쳤습니다.

아버지가 워낙 엄해 오빠 친구들 사이에서 '히틀러'라는 별명이 붙었나 봅니다. 그날도 큰오빠는 아버지 앞에 꿇어앉아 한바탕 훈시를 들어야 했습니다.

그런 큰오빠를 또 정연 언니가 참 많이 닮았습니다. 손가락, 발가락까지 닮았습니다. 이래서 피는 진하다는 말을 하나 봅니다.

함께 걸어가는 모습을 보면 "아, 저 사람들은 가족이구나!" 하고 한눈에 알 수 있는 사람들이 있지요. 어머니와 아들이 걸어가도 모자간에 서로 참 닮았고, 아버지와 아들이 걸어가면 또 부자간에 서로 참 닮았고, 남매나 형제 사이에도 서로가 닮았습니다.

모습이 닮은 건 아니지만 분위기가 참 비슷한 가족도 많습니다. 아들이 아버지를 닮고 딸이 어머니를 닮은 것까지는 좋은데 부부까지도 모습이 참 비슷한 가족이 있습니다. 모습과 마음이 서로에게 조금씩 스며들어 닮은꼴이 되어가는 가족입니다. 그래서 부부는 같이 살다 보면 닮는다는 말을 하는 걸까요?

금실 좋은 부부들이 서로 닮는 것은 과학적인 사실로 증명됐습니다. 캘리포니아 대학 심리학 교수인 폴 에크먼 박사는 감정 표현을 그대로 옮겨주는 100가지의 근육을 찾아냈습니다. 그리고 이 근육이 변하는 대로 인상이 변해갈 수 있다는 연구 결과를 발표했습니다. 즉, 금실이 좋은 부부는 근육의 변화가 비슷해 닮아갈 수밖에 없다는 것입니다.

즐거울 때 같이 즐겁고, 화날 때 같이 화나고, 괴로울 때 같이 괴로운 감정을 느끼는 부부들……. 그렇게 얼굴 근육의 반응이 몇십 년 동안 반복되다 보면 부부의 얼굴이 비슷해지는 것입니다.

신기한 것은 부부가 아닌 친구 사이에도 모습이 비슷해진다는 사실입니다. 뭔가 풍기는 분위기가 비슷한 친구들이 있지요. 서로 감정이 통하고 그 감정을 공유해 온 세월이 길면 길수록 서로 모습도 비슷해진다고 합니다.

그러고 보면 붕어빵 가족, 닮은꼴 친구들은 '서로 사랑하는 가족', '마음이 통하는 친구'라는 사실을 한눈에 증명해 보이며 살아가는 사람들입니다.

아버지가 보낸
천사

내 나이 열다섯 되던 해, 여름방학이 되어 다 모인 네 자매는 마당 평상에 앉아서 수박을 먹으며 누가 씨를 멀리 뱉나 내기를 하고 있었습니다. 그때 퇴근해 들어오시던 아버지 옆에 어떤 청년이 있었습니다. 영화배우 저리 가라 할 정도로 잘생긴 사람이었습니다.

우리 네 자매의 마음이 분주해졌습니다.

"공무원 시험에 수석으로 합격한 사람이래."

"집이 멀어서 당분간 우리 집에서 지낼 거래."

그 후 큰언니의 터프한 목소리는 끝을 살짝 올리는 부드러운 말투로 변했습니다.

"야! 너 빨리 뛰어오지 못해! 눈썹 휘날리게 뛰어와!" 하던 말이 "정림아~, 이리 와 줄 수 있니~?" 이렇게 말입니다.

작은언니는 맞지도 않는 큰언니 미니스커트를 입고 왔다 갔다 했했습니다. 나는 앞으로 나서지도 못하고 문 뒤에 숨어서 얼굴만 빨개졌고, 막내는 괜히 짓궂은 장난으로 그 청년을 괴롭혔습니다.

우리 네 자매의 마음을 설레게 했던 그 청년은 결국 큰형부가 되었습니다. 큰언니가 애교와 나이로 밀어붙여 잘생긴 그 청년을 차지한 것입니다.

큰형부는 외모만 잘생긴 게 아닙니다. 품성도 거의 성인군자 급입니다. 지금까지 단 한 번도 형부가 화를 내거나 흥분하는 모습을 본 적이 없습니다. 말수도 적습니다. 그저 허허 웃기만 합니다. 한결같이 성실하고, 한결같이 언니를 사랑해줍니다. 우리 집안의 대소사를 꼼꼼히 챙기고 어른답게 대처합니다. 건강관리도 철저히 해서 50대 후반의 나이에도 20대 청년 시절 체격 그대로입니다.

우리가 제주도에 가면 큰언니는 꼭 귤이며 생선이며 챙겨주는데, 큰형부는 더 주라, 더 주라고만 합니다. 처제들에게 더 주지 못해 늘 안타깝다며 주는 것을 절대 아까워하지 않습니다.

큰형부를 보면 이 말이 자연스럽게 튀어나옵니다.

"고맙습니다."

큰형부가 지난겨울에 큰일을 당할 뻔했습니다. 단 하루도 아침 운동을 빼놓지 않고 다니는 큰형부는 폭설이 내린 그날도 산을 올랐습니다. 아무도 없는 산을 큰형부 혼자서 걸어가는데 갑자기 가슴에 통증이 있더니 턱 하고 숨이 막혔다고 합니다. 한순간 몸이 물에 잠긴 것처럼 먹먹해지더니 정신을 잃고 말았습니다.

아무도 없는 폭설 내린 산에 쓰러진 큰형부. 그날 조금만 늦었으면 큰형부는 돌아가시고 말았을 겁니다.

천만다행하게도 그곳으로 어떤 사람이 지나가다가 큰형부를 발견했습니다. 그는 곧바로 119에 신고를 했고, 금세 구급차가 달려와 큰형부를 태우고 병원으로 달렸습니다. 그 덕분에 큰형부는 목숨을 구할 수 있었습니다. 의사는 조금이라도 늦었으면 큰일 날 뻔했다고 말했습니다.

언니는 그날 산에서 큰형부를 발견하고 신고해 준 분에게 감사 인사를 하고 싶어서 119에 그분 연락처를 알려달라고 했습니다. 그러나 그분이 119에 이렇게 말했다고 합니다.

"됐습니다. 누구라도 그렇게 했을 겁니다."

언니가 울먹이며 말했습니다.

"그 사람, 너희 형부 살리려고 아버지가 보낸 천사였나 봐."

가슴의
온도

거리에 버려진 폐지나 종이 상자 등을 모아서 판 돈으로 이웃 사랑을 실천하는 할아버지를 신문에서 만났습니다. 75세의 할아버지가 어려운 이웃에게 써달라며 10킬로그램 쌀 100포대를 맡겼습니다. 이 쌀은 할아버지가 지난 1년 동안 온 동네를 돌아다니며 재활용품을 모아서 번 돈으로 마련한 것입니다.

20년이 넘도록 집배원 생활을 했고, 15년 동안 전보 배달원 생활을 하다가 퇴직한 할아버지는 처음 폐지를 주우러 다닐 때는 부끄럼이 앞섰다고 합니다. 하지만 이웃을 도울 수 있다는 생각에 폐지 수집을 계속 했습니다.

할아버지는 "이제는 죽음을 준비하는 나이"라고 하며 이렇게 말했습니다.

"건강이 허락하는 한 나보다 어려운 사람을 위해 살고 싶어요."

사랑을 표현하는 방법에 대해 생각해 보게 됩니다. 사랑을 물질로만 표현할 수 있다면 많이 가진 부자가 사랑을 잘할 수 있다는 이야기가 됩니다.

하지만 사랑은 결코 물질로 하는 게 아니지요. 아무리 가진 게 많은 사람도 가슴에 찬바람이 불고 있다면 타인에게 따뜻한 사랑을 전할 수 없습니다. 사랑을 줄 수 있느냐 없느냐는 마음속에 어떤 난로를 넣고 있는가에 달려 있습니다.

비바람이 치는 추운 길을 헤매다가 그 사람에게 갔을 때 그 사람 가슴에 켜놓은 난로의 온기로 따뜻해지던 기억…… 있으신지요? 차가운 세상사에 시달리다가 그 사람이 품은 난로의 온기에 기대어 따뜻해지던 그 기억은 고통을 이기는 연료가 되어줍니다.

그런데 내 가슴의 온도는 지금 과연 몇 도나 될까요? 성능 좋은 난로처럼 따뜻할까요, 시베리아 벌판처럼 차가울까요?

아름다운 풍경,
사람

언니가 잡지사 기자로 일할 때였습니다. 패션 화보 촬영차 일본 삿포로에 출장을 갔습니다. 삿포로에 도착해서 여장을 풀었습니다. 세 시간 후부터는 빡빡한 취재 일정이 기다리고 있었습니다. 그리고 이 일정이 끝나면 바로 한국으로 돌아가야 했습니다. 시간이 아깝다는 생각이 들었습니다.

그때 친구가 삿포로에 가면 꼭 가보라고 한 공원이 떠올랐습니다. 영화 촬영지로도 유명하다고 했습니다. 언니는 틈이 날 때 얼른 그곳에 다녀오려고 호텔에서 나와 택시를 집어탔습니다.

택시 기사에게 서툰 일어로 그 공원에 가달라고 했습니다. 그런데 공원 이름이 뭔가 잘못되었나 봅니다. 기사는 그곳을 잘 모른다고 했습니다. 언니는 떠듬떠듬 영어로 영화 촬영지라고 설명했고, 기사는 "아, 알 것 같다"며 출발했습니다.

그런데 결국 그곳을 찾지 못했습니다. 내비게이션이 없던 시절이 었습니다. 기사는 도중에 공중전화 앞에 차를 세워 동료에게 전화로 묻곤 했습니다. 그런데도 결국 찾지 못했습니다.

기사가 어쩔 줄 몰라 하며 계속 "용서하세요"를 반복했습니다. 언니는 아무래도 취재 시간에 늦을 것 같아 그냥 호텔로 돌아가달라고 했습니다.

호텔로 돌아와 언니가 택시비를 내려고 하자 기사는 절대 받을 수 없다며 손사래를 쳤습니다.

"그래도 삿포로의 이곳저곳 드라이브 잘했습니다. 그러지 말고 받으세요."

언니가 말했지만 기사는 90도 각도로 인사하며 말했습니다.

"절대 받을 수 없습니다. 저를 용서해 주십시오."

기사는 다시 한 번 꾸벅 인사를 하고는 돈을 받지 않고 가버렸습니다. 언니는 택시가 다 사라질 때까지 바라봤습니다.

비록 아름다운 공원에는 가보지 못했지만, 언니는 아직도 삿포로를 아름다운 여행지로 기억합니다. 그곳에서 최선을 다한, 아름다운 사람을 만났기 때문입니다.

의연한
어머니

 큰 성공을 거둔 어느 벤처기업가는 자신의 어머니에 대해 이렇게 기억합니다.

 어머니가 암에 걸린 것을 알았을 때는 이미 늦었습니다. 말기였던 것입니다. 수술을 받아도 살 가망이 없다고 했지만 포기할 수 없었습니다. 그래서 수술하기로 했는데, 수술실로 들어가는 어머니 침대를 부여잡고 형제들이 눈물을 흘렸습니다.

 그때 그의 어머니가 호령을 하며 야단을 쳤습니다.

 "이까짓 암이 뭐가 무섭다꼬 울어싸노! 암 까짓 거에 눈물을 흘려서야 뭣에다 쓰겠노! 이까짓 암, 아무것도 아이다!"

 암 같은 것은 아무것도 아니라며 그의 형제들을 야단친 어머니는 수술 중에 세상을 떠나고 말았습니다. 그 후 어머니는 다시 뵐 수 없었지만 아들의 뇌리에는 어머니의 그 추상같던 마지막 호령이 깊이 새겨졌습니다. 암 그까짓 게 뭐라고 쩨쩨하게 울고 있냐던 어머니의 호령이…….

그 후 경영을 하면서 참 많은 고난이 있었습니다. 고난이 닥칠 때마다, 눈물을 흘리고 싶던 순간마다 어머니의 목소리가 들려왔습니다.

"그까짓 게 뭐라고 풀이 죽어 있노?"
"사업 망한 게 뭐가 그리 울 일이고? 퍼뜩 몬 일어나나!"

어머니의 의연함은 아들을 절망에서 일으키는 힘이 되어주었습니다. 그 어떤 어려움이 있어도 늘 의연함을 잃지 않던 어머니에 대한 기억이 아들을 절망의 늪에서 여러 번 꺼내주었습니다.

95세
소년

나는 위대한 인물에게서는 매력을 느끼지 못한다. 나하고 너무 다르기 때문이다. 나는 그저 평범하되, 정서가 아주 섬세한 사람을 좋아한다. 동정을 주는 데 인색하지 않고 작은 인연을 소중히 여기는 사람, 수줍음을 잘 타고 겁이 많은 사람, 그리고 순진하고 아련한 애수를 지닌, 그런 사람에게 매력을 느낀다.

찰스 램Charles Lamb이 수필에서 말한 사람과 내가 좋아하는 인간형은 참 닮았습니다. 나는 평범하지만 섬세한 정서를 지닌 사람을 좋아합니다. 그런 사람을 보면 행복합니다. 그 어떤 풍경보다 사람이 좋고, 그 어떤 예술 작품보다 사람이 좋을 때가 있습니다. 사람이 꽃보다 아름답다는 걸 느낄 때, 그때처럼 행복할 때가 또 있을까요.

사람과 사람 사이, 그 많은 인연들에 대해 생각합니다. 수많은 시대 중 하필이면 지금 이 시대에 태어나, 그 수많은 나라 중에 하필이면 이 나라에 태어나고, 수많은 사람 중에 그 사람과 만나고 서로에게 특별한 의미가 되어가는 일……. 참 대단한 일입니다. 그래서 옷깃만 스쳐도 인연이라는 말이 있는 것일까요?

옷깃만 스친 것이 아니라 시간을 나누고, 눈인사도 건네고, 말도 건넬 수 있었다는 것은 아주 특별한 인연입니다. 더 나아가 서로에게 정들 수 있었다는 것은 사람의 '인연'을 넘어선, 신의 특별한 선물입니다.

사람의 인연이란 게 참 애달픕니다.

매일 보고 싶어도 못 만나는 사람도 있고, 매일 안 보고 살았으면 하는데 계속 보게 되는 사람도 있고, 마음에 평생 담아둔 인연도 있고, 한 번 스치고 지나가는 인연도 있습니다.

피천득 선생님의 수필《인연》의 한 구절이 떠오릅니다.

그리워하는데도 한 번 만나고는 못 만나게 되기도 하고,
일생을 못 잊으면서도 아니 만나고 살기도 한다.
아사코와 나는 세 번 만났다.
세 번째는 아니 만났어야 좋았을 것이다.

문득 피천득 선생님을 찾아갔을 때가 생각납니다. 언니와 함께

피천득 선생님을 만나러 갔었습니다. 선생님이 돌아가시기 불과 한 해 전이었습니다. 우리 자매는 장동건을 만나러 가는 것보다 더 설레는 마음으로 선생님 댁에 찾아갔습니다.

　피천득 선생님은 우리 기대를 저버리지 않은 분이셨습니다. 얼마나 소년 같으셨는지…… 십대 소년보다 더 소년 같은, 아흔을 훌쩍 넘은 소년을 그날 만났습니다.

　캔음료를 주시길래 캔을 따려고 하는데, 그러다 손 다친다며 전전긍긍하셨습니다. "아이고 다치겠다!" 하며 다른 사람에게 저걸 좀 따주라고 애원하듯 말씀하셨습니다. 선생님은 여자와 동물과 아이와 같은 약한 것을 아끼고 걱정하고 사랑하는 분이셨습니다.

　선생님 댁에는 책도 몇 권밖에 없었습니다. 나는 책을 쌓아놓고 어떤 책 한 권 찾으려면 온 집 안을 다 들쑤셔야 하는데 선생님은 책 욕심조차 없으셨습니다. 못을 박으면 이웃이 시끄럽다고 액자 하나 걸지 않았습니다. 침대도 달랑 야전침대 하나였습니다.

　소설가 최인호 씨가 왜 피천득 선생님에 대해 "전생의 업도 없고 이승의 인연도 없는, 한 번도 태어나지 않은 하늘나라의 아이"라고 했는지 알 것 같았습니다.

　월드컵 기간에는 붉은 악마 티셔츠를 입고 지냈고, 딸 서영이가 갖고 놀던 인형에 '난영'이라고 이름 붙이고, 그 인형들이 추울까 봐

이불을 덮어주시던 피천득 선생님…… 잉그리드 버그먼을 '마지막 애인'이라고 부르며 바이런, 셸리, 예이츠 사진과 함께 나란히 둔 피천득 선생님…….

소년처럼 맑은 미소를 지닌 선생님이 푸른 5월 속으로 떠나신 지도 몇 해가 훌쩍 흘러버렸네요.

사람들과의 아름다운 인연을 언제나 고마워하신 피천득 선생님은 〈송년〉이라는 수필에서 이렇게 시간을 아쉬워했습니다.

나는 반세기를 헛되이 보내었다.
그것도 호탕하게 낭비하지도 못하고,
하루하루를, 일주일 일주일을, 한 해 한 해를
젖은 짚단을 태우듯 살았다.
민족과 사회를 위하여 보람 있는 일도 하지 못하고,
불의와 부정에 항거하여 보지도 못했고,
그렇다고 학구에 충실치도 못했다.
가끔 한숨을 쉬면서 뒷골목을 걸어오며 늙었다.

그토록 욕심 없는, 하늘나라 아이 같던 선생님도 세월은 아쉬워했지요. 하지만 역시 욕심 없는 천성대로 〈만년〉이라는 수필에서 이렇게 스스로를 위로했습니다.

기억할 수 있는 엄마, 아빠가 계시고,

멀리 있어도 자주 편지를 해주는 아들딸이 있고,

지금까지 한결같이 지내온 몇몇 친구가 있다.

그리고 아직도 쫓아와 반기는 제자들이 있다.

그리고 이렇게 소망했습니다.

훗날 내 글을 읽는 사람이 있어 '사랑을 하고 갔구나' 하고

한숨지어 주기를 바라기도 한다.

그렇게 사랑만 하며 살다가 가신 피천득 선생님……. 생전에 선생님을 만난 일은 언니나 나에게 정말 행복한 하나의 큰 사건이었습니다. 그때 이후 또 한 번 찾아 봬야지 하면서도 뵙지 못한 게 슬플 뿐입니다.

보고 싶은 사람들이 이제 점점 하늘나라에 많아져 가고 있습니다. 이승에 살아 있으면 언제든 볼 수 있을 때 볼 수 있다는 희망이 있는데, 하늘나라로 가버리고 나면 그 희망조차 없어집니다. 그러니 살아 있을 때 보고 싶은 사람 만나고 살아야 합니다.

부부로
사는 법

나무생각의 한순 주간은 시인이기도 합니다. 한순 시인은 라디오 진행자 전기현 씨의 팬입니다.

나는 라디오 프로그램 〈세상의 모든 음악〉에서 진행자 전기현 씨와 만나 일하면서 참 행복했습니다. 전기현 씨는 늘 감동을 주는 사람입니다. 마음에 선함이 넘치는 사람이고, 감성이 넘치는 사람이라서 원고를 읽을 때면 울컥해서 생방 NG를 많이 내곤 했습니다.

한순 시인은 나에게 종종 전기현 씨 이야기를 물어오곤 했습니다. 그녀가 실망할 만한 이야기를 들려주려고 해도 들려줄 수가 없었습니다. 전기현 씨는 그녀가 상상하는 이상으로 좋은 사람이기 때문입니다.

그 후 드라마를 쓰면서 전기현 씨와 일을 계속하지 못했지만 그의 방송을 들으면 참 행복합니다. 그의 선량한 마음이, 인생을 사랑하고 사람을 사랑하는 감성이, 진실함이 그대로 그의 목소리에 스며 있기 때문입니다.

한순 시인은 자신이 쓴 시를 전기현 씨 목소리로 들으면 더 없이 행복할 것이라고 했습니다. 그래서 전기현 씨에게 부탁을 했습니다. 그는 기꺼이 오프닝 멘트 대신 시인의 시를 낭송해 주었습니다.

그 방송을 녹음한 한순 시인은 종종 전기현 씨가 낭송한 자신의 시를 들으며 마음 설렌다고 합니다.

에세이《참 좋은 당신을 만났습니다》가 고맙게도 좋은 반응을 얻자, 라디오 광고를 제작하기로 했습니다. 한순 시인은 그 광고를 전기현 씨 목소리로 해줬으면 했습니다. 전기현 씨는 어머니가 편찮으셔서 병원에 입원해 계시는 상황이었고, 급히 부탁한 것이었는데도 아무 조건도 달지 않고 무조건 그러겠다고 해줬습니다.

전기현 씨와 책 광고를 녹음하기로 한 날, 나는 심한 독감에 걸려 녹음 장소에 가지 못했습니다. 그 대신 언니가 그 장소에 나갔습니다. 녹음이 끝나고 언니가 전화로 말하기를, 그날 무슨 첫사랑 영화 한 편 찍는 줄 알았답니다.

한순 시인이 그동안 늘 동경하던 전기현 씨를 처음 만나는 날, 언니가 먼저 가서 있는데 한순 시인이 들어왔습니다. 소녀처럼 붉은 볼을 하고 머리도 예쁘게 손질을 하고 들어서는 한순 시인을 보고 언니는 웃음이 났습니다.

한순 시인은 전기현 씨가 스튜디오 안에서 녹음하는 동안 마치 여학생처럼 "어쩜 좋아, 오늘 드디어 전기현 씨를 만나게 됐어" 하며 좋아하더니 막상 녹음을 마친 전기현 씨가 나오자 쑥스러워 얼굴을 붉힌 채 한마디도 못했습니다. 한순 시인이 어쩔 줄 모르며 수줍어하길래 언니가 잡아당겨서 사진을 같이 찍었습니다. 언니가 나에게 보내준 그 사진을 보니 한순 시인은 정말 첫사랑에 빠진 소녀 같았습니다.

전기현 씨가 가고 나서 한순 시인이 언니에게 말했습니다.

"남편에게 오늘 뭐 입을까 의논했더니 이 옷을 코디해 주더라고."

그러다가 문득 생각난 듯 말했습니다.

"아참, 남편이 이 근처에서 나 기다리기로 했는데……."

남편은 아내가 좋아하는 남자를 편히 만나도록 일부러 자리를 비켜 기다려준 것이었습니다.

얼마 후 한순 시인의 남편이 해맑은 얼굴로 달려왔습니다. 추운 데서 기다리고 있었는지 많이 추워 보였습니다. 그런데도 환하게 웃으면서 남편은 아내에게 "전기현 씨 어땠어?" 하고 물었고, 한순 시인은 활짝 웃으며 대답했습니다.

"직접 만나보니 더 괜찮아. 실망하지 않았어."

언니 말을 전해 들은 나는 감동했습니다.

한순 시인, 그녀는 알까요? 그녀에게 남편이 얼마나 '참 좋은 당신'인지를…….

그런데 또 한순 시인이 남편에게 그러더랍니다.

"당신도 누구 좋아하는 사람 만날 때는 내가 멋지게 차려줄게."

미국 시트콤 〈프렌즈〉에서 제니퍼 애니스톤이 그런 말을 하지요.

"무엇보다 중요한 건 모든 걸 이해해 주는 남자가 있다는 거야."

그날 한순 시인의 남편이 아내를 보는 눈빛은 마치 사랑하는 딸을 보는 그런 느낌이었다고 합니다. 그는 아내를 진정으로 사랑할 줄 아는 큰 남자입니다. 그리고 한순 시인은 남편의 사랑을 받을 자격이 있는 어여쁜 여자입니다.

한순 시인과 그녀의 남편, 두 분은 진정한 인생의 동지로, 상대의 감정을 소중히 여기고 감싸주는 반려자로 살아가는 참 아름다운 부부입니다.

좋아하는
계절

11월은, 지구의 꽉 찬 공간에 여백을 만들어놓는 달입니다. 풍성하게 열렸던 감나무에 공간이 듬성듬성 생기기 시작하고, 노란 벼 이삭으로 꽉 찼던 들녘이 이제 비어갑니다.

잎사귀로 무성했던 나무에 여백이 생기기 시작합니다. 담쟁이로 뒤덮였던 담벼락에도 여백이 보이고, 빽빽하게 들어찼던 울창한 숲에도 여백이 생깁니다.

그렇게 여백이 늘어가는 11월은 마음에도 빈 공간을 만들어놓기에 좋은 달입니다. 그리고 그 여백의 공간을 사색으로 채워넣기에 좋은 달입니다.

어느 시인은 행복의 정의를 이렇게 내렸지요.

마음에 여백을 주는 일이지. 행복이란 바로 그런 것이란다.

이철수 판화 〈낙엽처럼〉을 보니, 우주 같은 동그라미 속에서 낙엽 하나가 지고 있었습니다.

그리고 이렇게 쓰여 있었습니다.

가을 하늘에 바람에 휩쓸리는 그 작별인사, 적멸……

가을 나뭇잎은 나무에서 떨어져 나옵니다. 그리고 미련 없이, 아름답게 우주의 한곳에 자기 몸을 내려놓습니다.

생을 내려놓음…… 그게 바로 '적멸'이 아닐까요?

적멸의 계절 가을을 사랑합니다. 그중에서도 11월을 사랑합니다.

11월이 되면 내 곁을 떠나가서 이제는 만날 수 없게 된 사람들이 많이 그리워집니다. 연락을 하려고 해도 할 수 없는 머나먼 공간으로 떠나버린 사람들, 보고 싶어도 이제 더는 볼 수가 없는 공간으로 가버린 사람들……. 그중에서도 가장 많이 기억나는 사람은 아버지입니다.

11월 어느 날 홀연히 떠나신 아버지. 아버지는 나에게 기대를 참 많이 걸었습니다. 다른 형제들이 질투할 정도로 나에게 유난히 사랑을 많이 주셨습니다. 그런데 결국 내가 제일 걱정을 많이 끼치고 말았습니다.

아버지가 떠나신 후 11월 내내 얼마나 울며 다녔는지……. 노란 은행잎 날리는 거리에서 슬프다는 감정보다 먼저 눈물이 터지는 걸 경험했습니다. 슬프다는 감정이 생겨야 눈물이 나는 것인 줄 알았는데, 그게 아닐 수도 있었습니다. 무작정 울음부터 터지고 나서 슬픔이 고였습니다.

운전하다가도 눈물이 나서 차를 멈춰 세우고 흐느껴 울고, 걷다가도 허리를 굽히며 흐느껴 울고…… 그렇게 11월은 온통 울고 다녔습니다.

태어나는 계절은 내가 택할 수 없었지만 만일 나에게 저세상으로 돌아가는 날을 선택하라고 한다면 나는 11월을 꼽겠습니다. 11월의 낙엽 지는 날, 아무 미련 없이 홀연히 떠나는 낙엽처럼 훨훨 떠나고 싶습니다. 그러기 위해서는 명대사의 귀재였던 아버지가 언젠가 나에게 해주신 그 말씀처럼 살아야겠지요.

"뭐가 그렇게 슬퍼할 일이냐. 소풍하듯 삶을 살면 그만이지."

세 자매는
용감했다

작은언니와 나, 동생, 이렇게 세 자매는 서울에 있는 대학으로 유학을 와서 작은오빠네 집에 살았습니다.

1학년, 3학년, 4학년, 모두 여자 대학에 다니는 우리 세 자매는 저마다 개성이 뚜렷했습니다.

철없는 개성파 세 시누이를 데리고 사느라 올케가 얼마나 마음이 쓰였을까요?

아버지는 그때 밤 9시만 되면 전화를 하셔서 세 자매가 집에 들어왔는지 점호를 하셨습니다. 올케는 아버지한테 우리 세 자매의 행동에 대해 철저히 보고했는데, 아버지가 워낙 카리스마가 강한 분이라 그랬는지 봐주는 게 없었습니다.

아버지는 당신이 원하시는 대로 바르게 생활을 하지 않으면 그

달의 용돈을 주지 않거나 삭감하는 원칙을 철저히 지키셨습니다. 그래서 어떤 날은 9시 전에 집에 들어오기 위해 버스 정류장에서 숨이 턱에 차도록 뛰어야 했습니다. 또 어느 날인가는 점호를 마치고 나서 세 자매가 나이트에 가서 땀을 빼고 들어오기도 했습니다.

우리 세 자매는 얼굴이 저마다 다르게 생겨서 친구 사이라고 속이면 다 그렇게 알았습니다. 그래서 같이 미팅을 나가기도 했습니다. 남학생들은 우리를 친구라고 알았지 그 누구도 자매라고 의심하지 않았습니다.

집에 들어오면 또 한 이불 안에 누워서 심야방송 라디오에 귀 기울이고 방송사에 사연 엽서를 써서 보내기도 하고, 학교 얘기, 친구들 얘기에 밤새는 줄 몰랐습니다.

그런데 참 신기하게도 세 명 다 남자 친구가 없었습니다. 아마도 셋이 뭉치니 외로울 겨를이 없어서였겠지요.

그러다가 작은오빠 사업이 어려워지면서 세 자매는 집에서 나와 자취를 시작해야 했습니다. 그때 아버지의 교육 철학은 아주 냉정했습니다. '고학하라'는 말씀을 늘 하셨습니다. 젊어 고생은 사서도 한다는 그 철칙에 따라 우리는 온갖 아르바이트를 다 했습니다. 혼자서 했으면 너무 힘들었을지도 모르지만 셋이 함께여서 그래도 웃을 수 있었고, 힘을 낼 수 있었습니다.

　그때 해보지 않은 아르바이트가 없습니다. 과외가 금지된 시대였기 때문에 인구 조사도 하러 다니고 슈퍼마켓에서 판매원으로도 일했습니다. 슈퍼마켓에서는 가정용 빙수기를 팔았는데, 아르바이트 비를 못 받아 그 회사에 돈 받으러 다니기도 했습니다.

　학교 앞 음악다방에서 디제이를 하기도 했습니다. 손님이 거의 없는 오전 10시에서 12시까지 멘트도 없이 음악만 틀어주는 일이었는데, 그때 아르바이트 비치고는 꽤 많은 돈을 받았습니다.

　그 자리는 정말 경쟁이 치열했는데 내가 뽑혀서 기뻐하며 팔짝팔짝 뛰었습니다. 언니와 동생도 그 다방에 와서 노래를 신청하곤 했습니다. 그때의 음악들은 지금도 들으면 옛 생각이 떠올라 아련해집니다.

　그런데 아버지가 어떻게 아셨는지 그길로 올라오셔서 당장 아르바이트를 그만두게 하셨습니다. 단지 다방에서 일한다는 사실만으로 그렇게 화를 내실 줄이야…….

　자취방에서 연탄가스 중독이 되어 동치미 국물 마시던 일, 일기장이 가득 든 박스를 방 밖에 내놓았다가 갑자기 내린 비에 모두 젖는 바람에 세 자매가 발을 동동 구르던 일, 이외에도 셋이 똘똘 뭉쳐

쳐 난관을 헤쳐 나가던 여러 가지 일들이 생각납니다.

아버지의 '고학하라'는 엄한 교육 철학이 그때는 그렇게 서럽고 슬펐습니다. 그러나 지금 생각하면 그 고생 후에 우리 자매들이 더 용감해지고 정이 더 끈끈해졌습니다. 아버지의 교육 철학은 옳았습니다.

그때를 생각하면 세 자매는 참 용감했습니다. 서로 위해주고 격려하고 응원하던 세 자매의 그때 그 시절……. 언니와 동생이 있어서, 자매가 있어서 우리의 청춘은 충만했습니다.

비가 오면
생각나요

어느 기자는 비가 오면 아버지가 떠오른다고 합니다.

그 기자의 기억은 이런 것이었습니다. 30년 전, 초등학교 1학년 때 수업을 하고 있는데 갑자기 억수같이 비가 쏟아졌습니다. 수업을 마치고 집으로 돌아가려고 교실을 나서는데 비가 더욱 세게 내렸습니다.

우산을 준비해 온 친구들은 하나 둘 집으로 돌아가는데 문 앞에서 발만 동동 구르며 어쩔 줄을 모르던 소년……. 그때 멀리서 노란 비옷을 입고 교문을 걸어 들어오는 사람이 있었습니다. 바로 소년의 아버지였습니다.

그런데 아버지의 손에는 아무것도 들려 있지 않았습니다. 우산도 없이, 달랑 우비 하나만 걸치고 오신 아버지…….

아버지는 우비를 벗고 소년을 업더니 그 위에 다시 우비를 걸쳐

입으셨습니다.

노란 우비로 비가 억수같이 내리는 바깥세상과 단절된 채 소년은 아버지의 따뜻한 등에 매달렸습니다.

아버지의 등에서 전해지는 따뜻한 온기에 소년은 스르르 잠이 들었고, 30분 정도 걸리는 먼 길을 걸어 집에 도착하고 나서야 깨어났습니다.

그 후 30년이 지난 지금, 소년은 중년의 기자가 됐지만 아직도 그날의 아버지의 체온은 잊히지 않는다고 합니다. 아버지가 돌아가신 지 20년도 넘었는데 비가 오는 날이면 더욱 아버지 생각이 나며 눈시울이 젖는다는 것입니다.

세월이 흐른 뒤에도 자신을 지탱하는 힘, 그것은 아주 사소한 추억에서 오곤 합니다.

추억은 그리 특별한 것이 아닙니다.

함께 음악을 들으면서 그 음악에 대해 이야기를 나누는 일, 함께 동네 골목길을 손잡고 걷는 일, 함께 나뭇잎을 주우면서 계절의 느낌에 대해 대화하는 일, 함께 화분을 가꾸는 일, 함께 하늘을 올려다보며 감상에 젖는 일, 함께 좋아하는 공연을 보러 가는 일, 함께 영화를 보는 일, 함께 음식을 만들어 먹는 일, 함께 나란히 앉아서 책을 읽는 일, 함께 서점에 가는 일, 함께 노래하는 일, 함께 춤추는 일, 함께 시장에 가서 순대나 떡볶이를 사 먹는 일, 함께 어판장에 가서 이상하게 생긴 생선을 보며 놀라는 일, 함께 농담하다가 썰렁하다 며 깔깔 웃는 일…….

이 모든 것이 추억을 만드는 일입니다.

멀리 가는
향기

선물을 사러 백화점에 갔다가 커피가 든 텀블러를 손에 쥔 채 쇼핑을 하고 있었습니다. 매혹적인 향에 이끌려 향수 매장으로 들어섰습니다. 매장 직원이 상냥하게 인사를 건네오며 여러 가지 향수를 설명했습니다. 그런데 마음에 드는 것을 고르지 못한 나는 다음에 사겠다며 매장을 나왔습니다.

다른 매장을 돌며 이런저런 상품을 구경하고 있는데, 누군가 "고객님" 하고 불렀습니다. 향수 매장의 그 상냥한 직원이었습니다. 그녀의 손에는 내가 매장에 두고 온 텀블러가 들려 있었습니다.

여러 매장을 돌아다닌 기색이 역력했습니다.

"아까 저희 매장에 이거 두고 나가셨습니다. 커피가 아직 따뜻하고 많이 남아 있어요. 어디 가셨나 해서 찾아다녔습니다. 맛있게 드세요."

텀블러를 받아들고 고맙다는 인사를 건네려는데, 그 직원은 쑥스러웠는지 인사를 받는 둥 마는 둥 하며 매장으로 서둘러 돌아갔습니다. 그녀가 건네준 텀블러는 그때까지도 따뜻했습니다.

향수보다 더 좋은 향기가 내 마음에, 그 공간에 퍼져갔습니다.

그 어떤 향수보다 깊은 향기를 가진 건 역시 '사람의 향기'라는 것을 그 순간 느꼈습니다. 참 행복했습니다. 특히 모르는 타인에게서 이런 향기를 발견하는 날은 큰 선물을 받은 기분이 들곤 합니다.

그 향기는 거창한 데서 느껴지는 게 아닙니다. 아주 작은 배려, 친절한 마음이 우리를 감동시킵니다.

친절은 파장 효과가 있다고 하지요. 친절을 받은 사람은 다른 사람에게 다시 친절을 베풀게 되고 그 사람은 또 다른 사람에게 친절을 전하게 되고…… 그렇게 친절의 파장은 사람과 사람으로 이어지며 세상에 퍼진다고 합니다.

반대로 불친절 역시 파장 효과가 있어서 기분 나쁜 마음도 멀리 퍼져나갈 수 있습니다.

저 사람이 나를 만나는 이 순간, 행복했으면 좋겠다 싶은 마음, 그게 친절입니다. 작고 사소한 친절이 세상을 아름답게 합니다.

사랑을
배달합니다

집에 편지를 들고 찾아오는 집배원, 편지를 전해주며 사람 좋은 미소를 짓는 집배원을 만나본 게 언제인가요? 신문 한 귀퉁이에서 참 멋진 집배원 한 사람을 만났습니다.

집배원은 어느 날 우편물 배달에 나섰다가 그 집에 어린아이만 있다는 것을 알게 되었습니다. 그리고 그 어린아이가 형편이 어려워 밥을 굶고 있다는 사실도 알았습니다.

안타까운 마음에 아이의 급식비를 보태주기 시작했습니다. 그러다 보니 집배원이 배달을 하는 그 지역에 밥을 굶는 아이들이 꽤 많다는 사실을 알게 됐습니다.

그날부터 주변에 밥을 굶는 아이가 있다는 말을 들으면 집배원은 그 아이를 찾아가 급식비를 내놓곤 했습니다. 아이들이 자라 중학교, 고등학교에 입학하면 교복과 가방도 사줬습니다.

15년 동안 도와준 학생이 셀 수 없이 많았지만 기자가 몇 명이나 도와주었느냐고 묻자, 그는 이렇게 말하며 웃기만 했습니다.

"맡고 있는 지역에 어려운 가정이 많아서 돕는 것뿐인데 숫자가 뭐가 중요합니까? 세어본 적이 없어 모릅니다."

그는 경로당에서 목욕 봉사도 하고 명절에는 노인들에게 식사도 대접하곤 했습니다. 집배원의 봉급이 넉넉한 건 아니었습니다. 도와주는 아이들이 점점 늘어나니 부담이 될 만도 했겠지요. 그러나 그는 "별로 큰돈이 드는 것도 아닌데……"라고 하며 역시 웃기만 했습니다. 그리고 꾸준히 그런 일을 계속했습니다.

봉사라는 건 어쩌면 거창한 일이 아닐지도 모르지요.

내가 가진 작은 소유의 일부를 내놓는 일, 내가 가진 희망의 조각을 내놓는 일, 내 옆자리를 기꺼이 내주는 일, 그래서 내가 행복해지는 일이 바로 '봉사'입니다.

유대인 속담에 "빵은 맛있다. 그런데 사랑과 함께 먹으면 더욱 맛있다"라는 말이 있습니다. 어쩌면 우리가 추구해야 하는 것은 '물질'만이 아니라 그 물질을 '함께 누릴 사람들'이겠지요.

즐거운
선택

어떤 아파트에 수위 아저씨가 있었습니다. 수위 아저씨는 늘 인사도 잘하고 성실해서 아파트 사람들이 다 좋아했습니다. 소문을 들은 어떤 기업체 사장이 수위 아저씨를 본인이 경영하는 회사의 수위로 채용했습니다. 수위 아저씨가 정문에서 근무하면서부터 그 회사 사람들의 기분이 다 좋아졌습니다. 그러자 회사 사장은 그를 관리 파트로 발령 냈습니다. 그랬더니 수위 아저씨가 뜻은 고맙지만 수위 일이 더 좋다고 하면서 고사했다고 합니다.

사장은 체면치레로 그러는 줄 알고 발령을 취소하지 않았습니다. 그러자 수위 아저씨는 회사에 사표를 냈습니다. 그러고는 후임 수위를 뽑는 그 회사에 다시 이력서를 냈습니다.

수위 아저씨는 자신의 천직을 발견한 사람입니다. 그래서 자신의 일을 최고로 알며, 일을 즐기는 멋진 직업인입니다.

인터넷 사이트에 올라온 이 일화를 읽다가 문득 동화 한 편이 생각났습니다.

어느 날 숲 속에 불이 났습니다. 동물들은 숲에서 빠져나오느라고 야단이었습니다. 호랑이도, 사자도, 기린도, 사슴도 다들 숲을 빠져나오느라 바빴는데 새 한 마리가 급히 왔다 갔다 했습니다.

새는 냇가에 가서 날개에 물을 묻혀다가 숲에 떨어뜨리고 다시 냇가로 가서 물을 묻혀다가 숲에 떨어뜨리는 일을 반복했습니다. 새가 그렇게 바삐 움직이는 것을 보고 호랑이가 물었습니다.

"네가 그렇게 물 몇 방울을 떨어뜨린다고 불이 꺼지겠어?"

그러자 새가 대답했습니다.

"나는 지금 내가 할 수 있는 일에 최선을 다할 뿐이야."

지금 나는 세상에 어떤 가치를 더하고 있는 중일까요? 내가 하고 있는 일은 보잘것없는 일인지도 모릅니다. 세상에 아무런 도움이 되지 않는 일일지도 모릅니다. 하지만 자신이 할 수 있는 일에 최선을 다하는 사람은 그 어떤 재능을 가진 사람보다, 그 어떤 능력을 가진 사람보다 더 위대합니다.

영국 역사에서 '철의 여왕'으로 길이 남을 마거릿 대처는 외할머니가 해주신 이 말에 절대적인 영향을 받았다고 합니다.

"어떤 일이든 할 수 있다면 그것을 잘하는 데에 가치가 있다."

이 말이 세계 역사를 움직인 한 인물을 창조해 냈습니다.

청춘의 한때를 맞고 있는 누군가가 앞으로의 진로에 대해 고민하고 갈등하고 있다면 이런 조언을 해주고 싶습니다.

남의 기준에 따르지 말고 스스로 잘할 수 있는 일을 하라고, 아직 잘할 수 있는 것을 찾지 못했다면 우선은 가장 즐거운 것을 찾으라고 말입니다.

세상에는 수많은 성공이 있습니다. 그러나 내가 할 수 있는 그 일을 즐겁게 잘해내는 것, 그 이상의 성공은 없습니다.

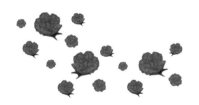

제자와
스승 사이

인숙은 올해로 31년째 같은 학교에 근무하고 있습니다.

31년 전 인숙이 그 학교에 처음 부임했을 때는 스물네 살이었습니다. 그때 고등학교 1학년 담임을 맡아 가르친 제자와는 나이가 일곱 살 차이밖에 나지 않습니다. 이제 제자와 같이 늙어갑니다.

한번 제자는 영원한 제자.

30년 동안 인숙은 그 제자에게 언제나 스승이었습니다. 연애할 때, 결혼할 때, 그 남자와 어쩔 수 없는 이유로 이혼해야 했을 때, 그리고 혼자 아이를 키우는 과정에서 육아 문제까지 제자는 스승에게 길을 물어왔습니다. 그러면 인숙은 마음을 다해 상담을 해주곤 했습니다.

제자에게 이런저런 얘기를 해주다가 자신의 어려운 문제에 대한 해답을 찾기도 했고, 제자에게 오히려 인생을 배우기도 했습니다. 그러다 보니 이제는 사제지간이 아니라 자매처럼 지냅니다.

인숙은 제자에게 수시로 책 선물을 합니다. 책의 면지에는 그때그때 다른 메모를 합니다. 제자는 인숙이 건넨 책을 읽고 마음의 위로를 받고 삶의 길을 찾기도 했습니다.

얼마 전 명절에 제자가 어김없이 인숙의 집에 찾아왔습니다. 제자는 하루 종일 슈퍼마켓 매장에서 일합니다. 다리가 퉁퉁 붓도록 일한 제자가 안쓰러워 그냥 집에 가서 쉬라고 해도 제자는 명절 인사를 드리려고 찾아왔습니다.

인숙과 제자가 식탁에 앉아 이런저런 이야기를 나누는 동안 인숙의 남편이 주방 베란다로 나가서 이것저것 챙겼습니다. 이혼한 후 혼자 아이를 키우며 살아가는 아내의 제자가 안쓰러워 잡곡에, 기름에, 김에…… 명절에 받은 선물들을 이것저것 챙겨와 제자에게 건넸습니다.

그것을 받은 제자는 울컥 눈물이 터졌습니다.

"이것저것 챙겨주시니…… 우리 아버지 생각이 나서요."

제자의 아버지는 일찍 돌아가셨습니다.

인숙이 담임을 맡았을 때 이미 제자의 아버지는 돌아가시고 없었습니다. 제자가 우니 스승도 안쓰러워 같이 울었습니다.

제자는 집에 돌아가 문자를 보냈습니다.

"선생님, 이런저런 일로 많이 힘드시죠. 얼굴빛이 좋지 않아 마음이 아팠어요. 지금까지 선생님이 저를 지켜주셨지만 이제는 제가 선생님을 지켜드릴게요. 선생님 뒤에는 제가, 그리고 제 딸이 있다는 것을 잊지 말아주세요."

장문의 문자를 읽으며 인숙은 생각합니다.

스승이 제자이고, 제자가 스승이고, 일방적으로 주기만 하는 인연은 없다고, 제자는 스승에게 가르침에 감사하다고 하지만 스승도 제자에게 배우는 게 참 많노라고……

30년 동안 제자와 스승 사이로 살아온 참 좋은 그 인연에 인숙은 새삼 감사했습니다.

속정
따뜻한 남자

　방송 일을 하는 후배는 원고를 쓰다가 집에서 늦게 나섰습니다. 지방으로 촬영을 가야 하는데 시간이 늦어버렸습니다.

　방송사에 택시를 타고 빨리 가려고 했는데, 택시가 잡히지 않았습니다. 아침의 비 오는 출근길, 후배가 택시를 잡으려 하면 뒤에 온 사람이 얼른 집어타고 가버리고, 후배가 택시를 잡아놓으면 또 뒤에 온 사람이 그 택시를 타고 가버리곤 했습니다.

　30분째 택시를 잡지 못했습니다. 우산을 썼는데도 신발부터 종아리까지 다 젖어버렸습니다.

　"이러다 방송 펑크 나겠네."

　미칠 것 같은 심정으로 오들오들 떨며 종종거리고 있는데 동네 슈퍼마켓 주인아저씨가 그런 후배를 지켜보고 있다가 가게 밖으로 나왔습니다.

평소에는 슈퍼마켓에 뭘 사러 들어가도 인사 한마디 하지 않던 무뚝뚝한 아저씨였습니다. 그가 자동차로 가서 시동을 걸고 후배에게 다가왔습니다.

"타요!"

후배가 "네?" 하고 물으니 "이 시간에 여기서 택시 못 잡아요. 타요!" 합니다.

방송사까지 데려다주고 돌아가는 아저씨에게 후배가 인사를 했습니다.

"고맙습니다."

그 인사에 대답도 하지 않는 아저씨…….

후배는 그제야 알았습니다.

무뚝뚝하지만 속정이 깊은 이웃이었다는 사실을…….

수상한
여자

사람들은 내게 묻곤 합니다.

"언니가 아직도 그 프로그램 하세요?"

그렇다고 대답하면 "대단하다" 하고 혀를 내두르곤 합니다.

한 프로그램, 그것도 새벽 프로그램을 13년이 넘도록 한결같이 해온 언니. 새벽 3시에 일어나서 그날의 따끈따끈한 뉴스를 원고로 만들고, 매일 세상사에 안테나를 높이 세워야 하고, 그날그날의 원고를 위해 책을 읽고, 영화를 보고, 신문을 읽고, 사람을 만나야 하는 언니. 대단하다는 말을 넘어서서 지독하다는 표현을 할 수밖에 없습니다.

여의도에서 같은 동네에 살 때, 언니 집과 우리 집은 베란다에서 서로의 베란다 창이 보였습니다.

어느 날인가 새벽 3시에 잠을 자려고 불을 끄는데, 언니네 집에 그 시간에 불이 켜졌습니다. '아, 언니는 벌써 일어나 글을 써야 하는구나' 싶어서 괜히 콧등이 시큰해졌습니다.

예전에는 언니가 휴가 가면 내가 가끔 대신 원고를 써주곤 했습니다. 그때 정말 깜짝 놀란 일이 있습니다. 숙영 언니(진행자)가 갑자기 스튜디오에서 나오더니 말했습니다.

"나팔꽃에 대해 원고 써줘. 3부에 나팔꽃 노래 틀면서 멘트하게."

3부라고 하길래 그래도 30분은 남은 줄 알았습니다.

'어휴, 30분 만에 어떻게 멘트를 쓰지?' 하면서 원고를 쓰기 시작했습니다. 스튜디오 밖에서 원고를 치면 스튜디오 안 모니터에서 읽을 수 있습니다. 그런데 내가 막 원고를 쓰기 시작했는데 숙영 언니가 바로 원고를 읽기 시작하는 것이었습니다. 당황해서 자판 치는 손이 덜덜 떨리고 오타가 나고 등에서는 식은땀이 흘렀습니다. 3부는 바로 5분 후를 말하는 것이었습니다.

언니는 그동안 5분 후 원고도 쓱싹쓱싹 써서 전해왔던 것입니다. 언니와 20년 가까이 일해온 숙영 언니는 언니처럼 나도 빨리 원고를 써줄 줄 알았나 봅니다. 얼마나 식은땀이 났는지요.

언니가 휴가 끝나고 올 때쯤이면 내 얼굴에는 여지없이 뾰루지가 여기저기 나 있었습니다. 정신없는 속도에 적응하기 위해 애쓴 흔

적들이었습니다.

사실 언니는 야행성이었습니다. 나는 어릴 적부터 새벽에 일어나는 타입이고 언니는 새벽에는 맥을 못 추고 한밤중에야 쌩쌩해지는 타입이었습니다. 그래서 학교 다닐 때는 아침에 언니를 깨우는 일이 참 힘들었습니다. 커피를 타서 커피 잔을 코 밑에 대줘야 겨우 일어났으니까요.

그런데 방송 일을 하다 보니 맡은 일에 따라 언니는 새벽형 인간이 되었고, 나는 야행성이 되었습니다.

언니는 아침 원고 쓰는 일을 그렇게 오래 해왔으면서도 늘 좋다고 헤헤 웃습니다. 아침 해처럼 늘 밝고, 늘 진취적이고, 늘 긍정적입니다.

그러다 보니 언니 눈에는 실핏줄이 자주 터집니다. 두통이 시도 때도 없이 찾아듭니다. 두피도 예민해서 자주 속을 썩입니다. 겉으로는 웃지만 속으로는 곪아터지고 있다는 증거들입니다.

그런 언니가 SBS 방송연예대상에서 라디오 작가상을 받았습니다. SBS에서 언니의 노고를 알아주니 고맙고 또 반가웠습니다.

언니가 상을 받는다는 소식을 듣자 갑자기 눈물이 났습니다. 상을 받아 마땅한 사람이 있고, 좀 머쓱한 사람이 있습니다. 그런데 언니는 정말 아무리 객관적으로 봐도 상을 받아 마땅합니다.

나는 언니를 매년 놀립니다. '수상한 여자'라고…….

언니는 오늘도 새벽 3시에 일어나겠지요. 그리고 그 전날 준비된 자료를 바탕으로 글을 쓰기도 하고, 새벽 뉴스를 보고 자료로 삼기도 하겠지요.

언니가 진한 모닝커피를 들이켜면서 쓴 원고를 털고 일어서는 시간은 6시. 가끔 컴퓨터가 속 썩이면 "으아아아아악!" 하는 굉음을 질러서 가족들을 다 깨우기도 합니다. 마음대로 원고가 안 된 날은 현관문을 쾅 닫아서 식구들 신경을 긁기도 하겠지요.

그러나 언니는 오늘도 방송 스튜디오로 들어서면서 "안녕하세요!" 하고 활짝 웃을 겁니다. 그게 언니입니다.

기회는
다른 얼굴로

　미국연방준비은행FRB 의장을 지낸 앨런 그린스펀. '경제 대통령'
이라고 불리던 그가 퇴임을 앞둔 어느 날 미국 펜실베이니아 대학
교 와튼스쿨 졸업식장에서 이런 말을 했습니다.

　"여러분과 나는 공통점이 있습니다. 우리 모두 앞으로 직장을 구
해야 할 사람들이라는 점입니다. 그렇지만 제 이력서가 여러분보
다는 조금 더 낫겠죠?"

　그렇게 마구 앞서가던 한 사람도 거기서 멈추면 다시 출발점부터
시작입니다. 맨 먼저 속도를 내서 선두에 서는 선수도 마지막에는
어떻게 될지 아무도 모르지요. 또 속도 내며 달려서 앞서간 자동차
들도 휴게소에 가면 다 만납니다.

기회는 여러 번, 다른 얼굴, 다른 이름으로 찾아온다고 젊은 사람들에게 말해주는 앨런 그린스펀. 참 멋진 사람입니다.

노먼 빈센트 필의 이 말을 떠올려봅니다.

'노no'를 거꾸로 쓰면 전진을 의미하는 '온on'이 된다.
모든 문제에는 반드시 문제를 푸는 열쇠가 있다.
끊임없이 생각하고 찾아내라.

작별의 풍경

동생이 사는 대전에 갔다가 서울로 오는 기차를 타러 역으로 나갔습니다. 기차역에는 서로 배웅하는 사람들이 보입니다.

할머니가 중년 아줌마를 배웅하며 "어서 가. 어서 가" 하며 손을 내젓습니다. 딸이 어머니를 뵈러 왔다가 돌아가는 모양입니다. 그곳에 어머니를 홀로 두고 가려니 발걸음이 떨어지지 않는 딸을 어머니는 억지로 보내나 봅니다.

한쪽에서는 부부가 작별합니다. 주말부부로 살아야 하는 부부인가 봅니다.

"다음 주에는 내가 갈게. 당신이 오기 힘들어."

"아냐, 맨날 야근하면서, 뭘. 당신 피곤해서 안 돼."

밥 챙겨 먹어라, 잠 설치지 말고 잘 자야 한다…… 서로 걱정하며
옷을 여며줍니다.

서로 떨어지기 싫은데 헤어져 지내야 하는 사람들, 헤어져 있지
만 서로 사랑하는 사람들…….
작별의 풍경에 눈시울이 따뜻해집니다.

길수야,
미안하데이

옛날 살기 어려웠던 시절에 고등학교를 고학하며 다닌 중년의 신사가 모교를 찾아갔습니다. 운동장에 들어서는데 옛날 생각이 나서 걸어가던 발걸음을 더 떼지 못했습니다.

그 시절 그는 성적이 늘 상위권이었습니다. 그런데 생활이 어려워 공사장에서 무리하게 일하는 바람에 며칠을 몸살감기로 앓아누웠고, 그 때문에 시험을 망칠 일이 두려웠습니다. 무엇보다 늘 걱정해주고 학비도 대주시던 담임선생님에게 실망을 안겨드릴 일이 제일 걱정이었습니다. 그래서 그는 우발적으로, 생전 해보지 않았던 커닝을 했습니다.

그렇지만 시험 감독을 하던 선생님에게 들키게 됐고, 교무실에까지 끌려갔습니다. 커닝을 해서 교무실에 끌려왔다는 것을 들은 담임선생님은 그를 무섭게 노려보더니 매를 들었습니다. 다른 선생님들이 달려와 담임선생님을 말리고 나서야 선생님의 매가 겨우 그쳤습니다.

그 일로 그는 섭섭한 마음에 학교를 그만두고 그 지역을 떠나버렸습니다. 물론 선생님과의 연락도 끊어버렸습니다.

그는 이제 중년의 신사가 되었습니다.

오랜 세월이 지나 머리가 희끗해지는 동안 그는 선생님을 잊은 적이 없었습니다. 원망도, 증오도 있었지만 다 사라져버렸고, 이제는 그저 죄송하고 고맙다는 말을 전해드리고 싶었습니다.

옛 생각에 멈춰 선 발걸음을 어렵게 다시 옮겨 교무실로 갔습니다. 그동안 연락이 끊어진 담임선생님이 어디에 계신지 물었습니다. 그런데 선생님이 계신 곳은 너무 멀었습니다. 벌써 오래전에 선생님은 하늘나라로 가셨다고 했습니다.

선생님이 남긴 색 바랜 편지봉투 하나가 수십 년 세월을 지나 그에게 전달됐습니다. 그는 비틀거리는 걸음으로 학교 뒷동산에 올라 그 편지를 펼쳤습니다.

길수야, 그날 때린 거 미안하데이. 커닝하면 퇴학당하는 교칙이 있어서 학생부에 너 안 넘기려고 일부러 때린 것이다.

선생님의 편지는 계속되었지만 눈앞이 흐려져서 더 읽을 수가 없었습니다. 더 일찍 찾아뵈었더라면, 더 일찍 오해를 풀었을 것입니다. 그래서 덜 아파했을 것이고, 덜 방황했을 것이고, 덜 죄송했을 것입니다.

우리가 후회하는 일…… 어떤 것들이 있을까요? 그때 내가 왜 그랬을까? 그때 내가 왜 그런 말을 했을까? 이렇게 내가 했던 일에 대한 후회도 물론 있습니다. 하지만 대부분의 후회는 주로 이런 것들이지요. 그때 말해야 했는데, 그때 그 일을 해야 했는데, 그때 가야 했는데, 그때 더 열심이어야 했는데, 그때 붙잡아야 했는데…… 이렇게 하지 못한 것에 대한 후회가 참 많습니다.

지금 고백하지 않는다면, 지금 가지 않는다면, 지금 행하지 않는다면 나중에 후회하지는 않을까요?
지금 이 순간, 그 사람은 나를 애타게 기다리고 있을지도 모릅니다. 내일은 그 사람이, 그 순간이 없을지도 모릅니다.

따뜻한 온기가 필요한
사람들을 위한 감동 에세이

참 좋은 당신을
만났습니다 두 번째

초판 1쇄 발행 2014년 5월 27일
초판 7쇄 발행 2017년 9월 14일

지은이 | 송정림
그린이 | 신슬기
펴낸이 | 한순 이희섭
펴낸곳 | (주) 도서출판 나무생각
편집 | 양미애 조예은
디자인 | 오은영
마케팅 | 박용상 이재석
출판등록 | 1999년 8월 19일 제1999－000112호
주소 | 서울특별시 마포구 월드컵로 70-4(서교동) 1F
전화 | 02)334-3339, 3308, 3361
팩스 | 02)334-3318
이메일 | tree3339@hanmail.net
홈페이지 | www.namubook.co.kr
트위터 ID | @namubook

ISBN 978-89-5937-359-8 03810

값은 뒤표지에 있습니다.
잘못된 책은 바꿔 드립니다.